Elisabeth Stiefel

Im Herzen ein grüner Zweig

Elisabeth Stiefel

Im Herzen ein grüner Zweig

Vath und Mary – eine wahre Geschichte aus Kambodscha

Stieglitz Verlag

D-75415 Mühlacker

Gestaltung des Umschlags: Elser Druck GmbH

Bibliografische Information der Deutschen Bibliothek
Die Deutsche Bibliothek verzeichnet diese Publikation in Der Deutschen Nationalbibliografie; detaillierte bibliografische Daten sind im Internet über http://dnb.ddb.de abrufbar.

ISBN-10: 3-7987-0441-4
ISBN-13: 978-3-7987-0441-1

Druck: Karl Elser Druck GmbH, Mühlacker

Songvath

Unbarmherzig schickte die Sonne ihre Hitze auf das kleine Dorf Prey Veng im Süden von Kambodscha. Die Luft war drückend schwül und lag wie eine schwere, feuchte Decke über dem Land.

Der zwölfjährige Songvath fühlte sich nicht sehr wohl in seiner Haut, ihm war heiß, und er hatte Angst. Obwohl er sich nicht bewegte, rann der Schweiß in Strömen über seinen Rücken. Noch schlimmer als die Schwüle war jedoch der Hunger, der ihn schon seit Stunden plagte. In dem kleinen Dorf im Dschungel war es sehr viel wichtiger, für die Gesundheit der Tiere zu sorgen als auf das Wohlbefinden der Menschen zu achten. Er fühlte, wie die Angst immer mehr Raum in seinem Inneren einnahm. Im Dschungel kannte er sich aus, und er wusste: Es war gefährlich, längere Zeit ruhig auf dem Boden zu hocken. Die Schlangen, die sich im Gras versteckten und jederzeit blitzschnell hervorschnellen konnten, waren eine tödliche Gefahr. Auch vor Insekten und ihren schmerzhaften Bissen fürchtete er sich. Aber es gab noch etwas, vor dem er mehr Angst hatte als vor den Gefahren des Dschungels. Am allermeisten fürchtete er den unberechenbaren Zorn seines Vaters.

Zitternd kauerte er im Gras und hoffte, sein Vater möge ihn nicht entdecken, denn dann – und darüber machte er sich keinerlei Illusionen – würde sich dessen unbändige Wut über ihm entladen. Die schmerzhaften Schläge seiner Peitsche hatte Songvath schon viel zu oft auf seinem Rücken fühlen müssen. Wenn er daran dachte, spürte er eine Gänsehaut, und wenn er mit der Hand über seinen Rücken strich, konnte er die Narben fühlen.

Sein Vater liebte das süße, alkoholhaltige Gebräu der Zuckerpalme zu sehr, und der Junge musste dafür sorgen, dass die Vorräte nicht ausgingen. Darin hatte er Übung. Er wusste, wie man auf die hohe Palme kletterte, ohne sich zu verletzen, konnte geschickt die Blütenstiele anschneiden und den süßen Saft, der dann herausquoll, in seinem Gefäß auffangen. Der frische Saft der Zuckerpalme schmeckte lecker, auch Songvath mochte ihn sehr. Aber er kam selten in den Genuss. Wenn er mit seiner Ausbeute von der Palme herunterkletterte, wartete sein Vater schon ungeduldig und nahm ihm sofort den Eimer ab, um den Saft zum Gären in die Sonne zu stellen. Vater liebte den Alkohol, der seine Unzufriedenheit mit seinem armseligen Leben in Aggression über die ungerechten Lebensumstände umwandelte und ihn stark machte. Songvath hasste das Gebräu, denn wenn sein Vater zu viel davon getrunken hatte, war sein Zorn unbeherrscht und schrecklich. Dann konnte der Junge nur die Zähne zusammenbeißen, den Wutausbruch über sich ergehen lassen und warten, bis sich der Vater irgendwann beruhigt hatte und der Schmerz nachließ.

Manchmal gelang es der Mutter, ihn vor dem Schlimmsten zu bewahren, indem sie sich schützend vor ihn stellte. Dann ließ der Vater von seinem Sohn ab, denn vor seiner Frau, die als Hebamme einen großen Teil zum Lebensunterhalt der Familie beitrug, hatte er Respekt. Aber leider war sie selten zu Hause, sondern meistens unterwegs, um einer Frau im Dorf oder in der Umgebung bei der Geburt zu helfen. Dann waren ihre Kinder auf sich selbst gestellt. So auch heute. Nein, heute konnte die Mutter ihn nicht vor dem Zorn des Vaters schützen.

Songvaths Blick fiel auf einen Baum, der neben der hohen Zuckerpalme sein Dasein fristete. Würde er ihm Sicherheit bieten, bis sich der Vater beruhigt hatte? Eines hatte er in seinem kurzen Leben schon gelernt: Wenn man kochendes Wasser trinkt, verbrennt man sich den Mund. Man muss warten, bis sich das Wasser abgekühlt hat. Ja, er würde auf diesen Baum klettern und warten, bis sich Vaters Zorn abgekühlt hatte. Dann würde die Strafe gnädiger ausfallen. Und vielleicht, vielleicht könnte er von der Spitze des Baumes sogar die beiden Büffel sehen, die ihm bei der Arbeit auf dem Reisfeld abhandengekommen waren. Vorsichtig kletterte er nach oben und suchte in der Baumkrone einen guten Platz. Hier oben fühlte er sich sicher vor giftigen Schlangen, wilden Tieren und Insektenbissen, und er konnte abwarten, bis der Vater seinen täglichen Rausch ausgeschlafen hatte.

Er machte es sich auf dem Baum so bequem wie möglich, richtete sich auf eine längere Wartezeit ein und dachte darüber nach, was heute so schrecklich schiefgelaufen war. Er ärgerte sich maßlos darüber, dass er nicht gut genug auf die Büffel aufgepasst hatte.

Wie so oft hatte er auch heute die Aufgabe bekommen, die Tiere auf das Reisfeld zu führen, um zu pflügen. Obwohl er in der neunköpfigen Geschwisterschar der mittlere war, durfte er diese verantwortungsvolle Aufgabe übernehmen. Der älteste Bruder lebte bereits fern der Familie, ein anderer Bruder war bei den buddhistischen Mönchen im Internat. Die Schwestern und sein kleiner Bruder hatten andere Aufgaben zu erfüllen. Ihnen fehlte die Kraft für die schwere Arbeit auf den Reisfeldern.

„Songvath ist stark und geschickt, ihm kann man die weißen Büffel anvertrauen“, hatte der Vater erklärt, als er ihm das erste Mal zeigte, wie man mit den Büffeln pflügte.

Das unerwartete Lob aus dem Mund des sonst so strengen Mannes hatte ihn mit Stolz erfüllt, und er hatte gespürt, wie sein Rücken gestärkt wurde und er noch mehr Kraft bekam.

Songvath und seine jüngeren Geschwister besuchten die Schule hier im Dorf. Oft waren jedoch andere Dinge, wie zum Beispiel die Reisernte, dringlicher als Schreiben und Rechnen zu lernen. Dass die Familie jeden Tag genügend zu essen bekam, war wichtiger, als sich Wissen anzueignen. Aber das störte den Jungen nicht. Es machte ihm viel mehr Freude, mit den anderen Kindern auf den Reisfeldern zu arbeiten als in der Schule zu sitzen. Bei der Reisernte arbeitete das ganze Dorf zusammen, alle Familien gemeinsam auf den Feldern. Man half sich gegenseitig, und so war die Arbeit leichter, fröhlicher und kurzweiliger.

Mit den Büffeln das Feld zu pflügen, machte ihm sehr viel Freude. Immer wieder lobten ihn die Eltern dafür, wie fleißig und gewandt er die Tiere führte, und dieses Lob schenkte ihm ein warmes Gefühl im Bauch und ließ ihn den Ärger mit dem Vater für eine Weile vergessen.

Auch dass der Vater ihn oft in seine Werkstatt mitnahm und ihm zeigte, wie man Werkzeuge aus Metall herstellen konnte, machte ihn stolz. Dann fühlte er sich fast schon erwachsen. Wenn der Vater keinen Zuckerwein getrunken hatte, erklärte er seinem Sohn, wie er Werkzeuge schmiedete. Der Vater war ein guter Handwerker, seine Werkzeuge und die Ringe für die Ochsenkarren waren begehrt im ganzen Dorf.

Meist musste er den Blasebalg treten, damit sein Vater arbeiten konnte. Dass sein Vater ihn brauchte, um in der Schmiede arbeiten zu können, wusste Songvath nur allzu gut. Er war neugierig und geschickt, lernte schnell und konnte auch schon selbst einfache Werkzeuge herstellen. Stolz strich er über den Schaft des Messers in seiner Hosentasche. Das Messer hatte er selbst gefertigt.

Hin und wieder ging er mit seinem Vater zum Angeln an den Fluss, denn die große Familie brauchte viel zu essen. Der Reis, das Gemüse, das sie anbauten, und die Eier ihrer Hühner reichten nicht aus, um satt zu werden. Damit sie einen Fisch fangen konnten, spießten sie zuerst einen kleinen Wurm an den Angelhaken, dann musste Songvath warten, bis ein Fisch oder eine Krabbe sich an dem Wurm und an dem Haken festbiss, was manchmal lange dauern konnte.

Oft hatte sein Vater nach dem Angeln großen Hunger und wurde ungeduldig und zornig, wenn es mit der Essenszubereitung nicht schnell genug ging. Songvath hingegen machte dies nicht so viel aus, er hatte gelernt, geduldig zu warten, denn er war jung und stark. Deshalb war es seine Aufgabe, nach dem Angeln Feuer zu machen, während der Vater zuschaute und sich ausruhte. Dazu nahm er einen Bambusstock, rieb feine Fasern ab und legte sie auf einen großen Stein mit einer Kuhle. Dann suchte er zwei Stöcke, legte sie auf die Fasern und rieb sie schnell aneinander, so lange, bis sie heiß wurden und sich Rauch entwickelte. Wenn Funken entstanden, pustete er, bis sich die Bambuswolle entzündete. Nun konnten sie ihr Essen auf dem Feuer kochen. Songvath liebte es, mit dem Vater am Feuer zu sitzen und sich die gebratenen Fische und Garnelen schmecken zu lassen.

Nach dem Essen war der Vater viel freundlicher zu seinem Sohn.

Wenn die Mutter unterwegs war bei einer Geburt, gab es oft nur Eier mit Palmzucker zu essen. Dazu wurde der Saft der Zuckerpalme gekocht und mit den Hühnereiern vermischt. Das schmeckte auch lecker. Da sie jedoch nur zwei Hühner hatten, die für die große Familie nicht genügend Eier legten, wurden nicht alle satt, bis die Mutter abends nach Hause kam. Manchmal brachte sie Reis und hin und wieder sogar Fleisch mit, das sie als Lohn erhalten hatte. Dann gab es doch noch ein gutes Essen, und alle konnten sich mit vollem Bauch schlafen legen.

Ob die Mutter heute Abend wohl auch etwas zu essen mitbringen würde? Sein Magen knurrte, aber er traute sich nicht nach Hause. Von seinem Aussichtsplatz oben auf dem Baumwipfel hatte er einen weiten Blick auf die Umgebung, und ein kleiner Hoffnungsfunke keimte in ihm auf. Er kniff die Augen zusammen und schaute in die Ferne, vielleicht konnte er irgendwo am Horizont die verschwundenen Büffel entdecken. Doch so sehr er sich auch bemühte, nirgendwo konnte er die vermissten Tiere ausmachen. Der ganze Reichtum der Familie bestand aus diesen zwei Büffeln. Der weiße Büffel war der wertvollste. Nachdem er sie zum Pflügen unter das Joch gespannt hatte, zog er sie an den großen Hörnern über das Feld.

Doch manchmal hatte er Angst vor den riesigen Büffeln und ihren starken Hörnern. Dann fühlte er sich neben den mächtigen Tieren klein und schwach. Oft fehlte ihm auch die Kraft, und die schwere Arbeit machte ihn müde. Gedankenverloren strich der Junge über die Narbe an seinem Unterarm. Vor einigen Wochen war er so erschöpft gewesen, dass er sich auf den Rücken des Büffels gelegt hatte, um sich auszuruhen. Er hatte einfach keine Kraft mehr gehabt, das kräftige Tier über das Feld zu führen, und auf dem weichen Fell des Büffels war es bequem gewesen. So war er eingeschlafen. Aber irgendetwas musste das Tier erschreckt haben, denn plötzlich war ein Ruck durch den Büffelkörper gegangen. Erschrocken war das große Tier aufgefahren und mit einer heftigen Kopfbewegung hatte es mit einem seiner Hörner den Arm des Jungen vom Ellbogen bis zum Handgelenk aufgeschlitzt. Blutend hatte er sich nach Hause geschleppt. Zum Glück hatte die Mutter gewusst, was zu tun war: Sie kannte viele hilfreiche Pflanzen gegen Krankheiten. Auch dieses Mal konnte sie seine Verletzung mit Hilfe eines Pulvers, das sie aus einer getrockneten Wurzel hergestellt hatte, gut heilen. Von der schweren Verletzung spürte er bald nichts mehr.

Noch einmal betrachtete er die Reisfelder genauer, die sich rund um das Dorf im Dschungel ausbreiteten. Er ärgerte sich über sich selbst. Wie hatte er nur so nachlässig sein können! Zu seinen Aufgaben gehörte es nicht nur, die Tiere übers Feld zu führen, sondern auch genügend Nahrung für sie mitzunehmen. Heute hatte er das vergessen, und deshalb war es nicht verwunderlich, dass die Büffel bockig wurden und schließlich durchgegangen waren. Seine Kraft war zu schwach gewesen, die starken Tiere zu halten. Stundenlang hatte er vergeblich nach ihnen gesucht. Nun würde es bald Abend werden, und er wollte sich Vaters Wut über den Verlust gar nicht vorstellen.

Besorgt schaute er gen Himmel. Täuschte er sich oder hatte er tatsächlich in der Ferne ein Brummen gehört?

Noch einmal lauschte er angestrengt. Das hätte ihm gerade noch gefehlt, wenn amerikanische Bomber mit ihrer todbringenden Fracht Kurs auf das Dorf nehmen würden. Ängstlich klammerte er sich noch fester an dem Ast fest. Er spürte die Angst wie einen schweren Stein in seinem leeren Magen. Zitternd wartete er auf den surrenden Ton der sich nähernden Flugobjekte, die immer wieder aus Richtung Vietnam Kurs auf Kambodscha nahmen und am Horizont wie eine Schar wild gewordener Hornissen sichtbar wurden.

Die lähmende Angst, die die Menschen befiehl, sobald die braunen Helikopter sich näherten, hatte sich in Songvaths Seele unauslöschlich eingebrannt. Längst hatte sich jede Familie neben ihrer Hütte eine Erdhöhle gebaut, die sie mit Holzbrettern notfalls abdecken konnte und in die sie sich zurückzog, sobald das schreckliche Dröhnen zu hören war. Oft fragte er sich, wenn sich die Familie in dem selbstgebauten Bunker zitternd zusammenkauerte, wie dieses provisorische Konstrukt sie wohl vor einem Bombenabwurf schützen könnte. Doch glücklicherweise war dieser Ernstfall noch nie eingetreten. Jetzt saß er auf dem Baum fest. Wenn die amerikanischen Hubschrauber heute angreifen würden, dann war er ihnen schutzlos ausgeliefert.

Noch einmal lauschte er angestrengt. Das Brummen war immer leiser geworden und schließlich ganz verschwunden. Er atmete erleichtert auf. Vorerst war diese Gefahr vorüber.

Er hob seine Hand an die Stirn und versuchte seine Augen vor der Sonne zu schützen. Plötzlich nahm er auf dem Reisfeld einen Menschenauflauf wahr. Er schaute genauer hin, und ein Lächeln stahl sich auf sein Gesicht.

Tatsächlich, mitten im Reisfeld lagen die vermissten Büffel, und um sie herum standen diskutierend die Dorfbewohner, auch sein Vater, der lebhaft mit den Nachbarn gestikulierte, stand dort. Dann hörte er ein befreiendes Lachen. Vaters Wut schien offensichtlich verflogen zu sein.

Vorsichtig kletterte Songvath von seinem Baum. Er musste unbedingt erfahren, was passiert war. Schon von weitem konnte er es aus den Gesprächsfetzen erahnen. Die beiden Büffel waren offensichtlich wieder aus dem Dschungel zurückgekommen und hatten ihren Hunger an den Reispflänzchen im Nachbarfeld gestillt. Nun waren sie satt und zufrieden im Reisfeld eingeschlafen. Da der Reis noch nicht sehr hochgewachsen war, blieb der entstandene Schaden gering. Vater hatte bereits alles zur Zufriedenheit der Beteiligten geregelt, und der Dorffrieden schien gerettet zu sein. Langsam näherte sich Songvath der Gruppe. Als er merkte, dass die allgemeine Empörung verflogen war, atmete er erleichtert auf. Die Stimmung war fröhlich und ausgelassen. Man prostete sich gegenseitig mit Reiswein zu. Niemand nahm Notiz von dem kleinen Jungen.

„Alles nochmal gut gegangen“, murmelte Vath erleichtert und schloss sich seinen Freunden an, die lachend einen Ball aus Stoffresten durch die Gegend kickten.

ជីវិត

Mary

Der Lärm der knatternden Motorräder, das Klingeln der Fahrräder und das vereinzelte Hupen der wenigen Autos auf den Straßen von Phnom Penh drangen bis in den zweiten Stock, in die Wohnung der Familie En. Es war der übliche Morgenkrach, der Mary unsanft aus dem Schlaf riss. Müde öffnete sie die Augen. Ihr Blick fiel auf ihre jüngere Schwester Mara, die laut vor sich hin schnarchte. Sie schien den Straßenlärm überhaupt nicht wahrzunehmen.

Mary kuschelte sich in ihr warmes Bett und lauschte auf die vertrauten Geräusche im Haus. Jetzt hörte sie, wie die Wohnungstür ins Schloss fiel und anschließend die wohlbekannten Schritte im Treppenhaus. Der Vater hatte wie jeden Morgen als Erster das Haus verlassen. Er war Architekt, arbeitete jedoch als hochdekorierter General bei der Armee. Viele Menschen, das wusste Mary, hörten auf seinen Befehl. Er war stark, und sie fühlte sich immer geborgen in seinen Armen, denn er wusste auf alles eine Antwort.

Jetzt ging die Tür zum zweiten Mal, nun hatte auch ihre Mutter Sarun das Haus verlassen. Sie war Lehrerin, arbeitete jedoch nicht an derselben Schule, die Mary und Mara besuchten. Schon oft hatte der Vater ihrer Mutter angeboten, sie mit dem Auto zur Schule mitzunehmen. Doch stets hatte sie es abgelehnt. Sie sah gut aus, war schlank und trug gerne hübsche Kleider. Wenn sie zu Fuß zur Schule ging, schauten ihr die Menschen oft anerkennend nach, und sie liebte es, bewundert zu werden. Mary war sehr stolz auf ihre Mutter, denn sie war eine schöne und kluge Frau.

Eigentlich stammte sie aus einer Bauernfamilie, in der es nicht üblich war, dass Mädchen eine gute Schulbildung und sogar eine Berufsausbildung erhielten. Doch Sarun hatte nicht akzeptiert, anders als ihre Brüder behandelt zu werden, und sie hatte sich erfolgreich gewehrt. Sie wollte lernen und einen interessanten Beruf ergreifen. Deshalb hatte sie allen Ehrgeiz aufgeboten, um in der Schule vorwärtszukommen. So war es ihr als einziges Mädchen in der Familie gelungen, einen Schulabschluss zu erreichen und jetzt in ihrem Traumberuf als Lehrerin zu arbeiten. Ihre Mutter war stolz darauf, dass sie dem armseligen Leben in ihrem Dorf entfliehen konnte und erklärte immer wieder:

„Ihr müsst fleißig lernen, nur wer lernt, kommt vorwärts und hat ein gutes Leben."

Mary kannte diese Worte, die sie fast jeden Tag hörte, auswendig. Mutter war unerbittlich, wenn es um die Schulleistungen ihrer Kinder ging.

Um Sarun den Besuch des Lehrerseminars zu ermöglichen, hatte ihr Vater zwei Kühe verkauft, eine ungeheure Investition, die auf die junge Studentin einen großen Erwartungsdruck ausübte. Sie wusste, sie durfte auf gar keinen Fall versagen oder während dieser drei Jahre schwanger werden, sonst wurde sie entlassen. Sollte sie die teure Ausbildung nicht abschließen, so hatte der Vater gedroht, müsste sie die beiden Kühe dreifach ersetzen. Sarun mobilisierte ihre ganze Energie und schloss als einzige Bauerntochter unter den Studentinnen ihre Ausbildung erfolgreich ab.

Alle Schwestern ihrer Mutter, das wusste Mary, lebten mit ihren Familien wie die Großeltern als Bauern auf dem Land und waren arm. Ihre Eltern hatten gute Berufe und arbeiteten viel und lang. Deshalb waren sie reich und wohnten in einer schönen Villa mit vielen Zimmern. Als Architekt hatte der Vater das Haus geschmackvoll ausgestattet und eingerichtet. Sie hatten ein modernes Badezimmer mit einer Wassertoilette und einer Dusche. Zum Haus gehörte ein großer Garten, der von einer hohen Mauer geschützt war. Ihre Mahlzeiten waren abwechslungsreich und schmackhaft und wurden von einer Hausangestellten zubereitet. Ein Kindermädchen betreute die Kinder, während die Eltern bei der Arbeit waren.

Saruns großes Ziel war es, auch ihren Kindern eine gute Ausbildung zu ermöglichen, denn, das betonte sie immer wieder, dies war ihrer Erfahrung nach Voraussetzung für ein glückliches Leben. Deshalb mussten Mary und ihre Schwester Mara viel lernen, sogar nachmittags hatten sie noch zusätzliche Aufgaben zu erledigen und mussten Texte aus Büchern abschreiben, damit ihre Schrift perfekt wurde. Dabei war die Khmer Schrift mit ihren vielen Bögen und Kreisen so schwierig zu schreiben. Mary seufzte. Die Mutter kannte in dieser Beziehung kein Pardon.

„Ihr wollt doch nicht, dass es euch so geht wie euren Tanten", ermahnte sie die beiden Töchter immer wieder mit drohender Stimme.

Mary schüttelte den Kopf. Die Tanten lebten im Heimatdorf ihrer Mutter in bitterer Armut. Dort gab es kein Fließendwasser und keinen Strom. Die wenigen Male, die sie bei den Verwandten ihrer Mutter zu Besuch waren, hatte Mary in keiner guten Erinnerung. Nein, so wollte sie wirklich nicht leben, und deshalb gab sie sich auch sehr viel Mühe. Im vergangenen Jahr hatte sie so gute Noten geschrieben, dass sie sogar eine Klasse überspringen durfte. Darauf war sie besonders stolz, zumal sie merkte, wie sehr sich ihre Eltern über den Erfolg freuten. So war sie nun schon in der 8. Klasse, während Mara die 10. Klasse besuchte. Im kommenden Jahr würde ihr Bruder eingeschult und mit der 12. Klasse beginnen. Dann waren auch für ihn, den Kleinen, die Tage, an denen er den ganzen Tag zu Hause spielen durfte, vorbei.

Mary schloss die Augen und versuchte die letzten Minuten, bevor das Kindermädchen sie weckte und der Tag mit seinen Anforderungen ihre Zeit bestimmte, zu genießen. Ihre Eltern würde sie erst nach Sonnenuntergang beim Abendessen sehen, wenn sie von ihrer Arbeit nach Hause kamen. Die Zeit, wenn die Dämmerung einsetzte, war immer die schönste des Tages. Dann traf sich die ganze Familie zur gemeinsamen Abendmahlzeit. Es gab leckeres Essen, meistens Reis mit viel Fleisch und Gemüse, denn das Hausmädchen konnte gut kochen. Man hatte Zeit, miteinander die schönen und die weniger schönen Erlebnisse des Tages zu teilen. Die Eltern lobten und tadelten. Sie lachten oft miteinander. Es gab jedoch auch viele nachdenkliche Gespräche, so auch gestern Abend. Mary runzelte die Stirn. Sie konnte die großen Veränderungen, die ihre Eltern geplant hatten, noch gar nicht richtig einordnen. Wie ein unwirklicher Film lief der gestrige Abend nochmals vor ihren Augen ab. Die Eltern erzählten von einem großen Abenteuer, das vor ihnen lag. Mary klopfte das Herz vor Aufregung bis zum Hals, wenn sie daran dachte.

„Wir haben spannende Neuigkeiten für euch“, erklärte der Vater mit ernstem Blick „Es ist ein großes Geheimnis, das wir euch jetzt erzählen. Niemand außerhalb der Familie darf vorerst davon wissen.“

Mary lief ein Schauer über den Rücken, als die Eltern sie in ihre Zukunftspläne einweihten. Sie nickte und schaute ihre Eltern gespannt an. Mit einem Mal fühlte sie sich nicht mehr wie ein Kind, das von den Erwachsenen nicht ernstgenommen wurde. Sie spürte, wie die Eltern sie als wichtiges Gegenüber ins Gespräch einbezogen.

„Wir werden nach Amerika auswandern."

Jetzt blieb Mary vor Schreck fast der Atem weg. Es dauerte eine Weile, bis sie die Tragweite dieser Mitteilung erfasste.

„Amerika? Das ist ja so weit weg! Dort wird doch eine ganz fremde Sprache gesprochen. Und unsere Schule, unsere Freundinnen…" stotterte sie. Fragen über Fragen türmten sich in ihrem Kopf auf.

Sie hatte aus den Gesprächen ihrer Eltern schon oft herausgehört, dass ihr Vater gerne wieder in seinem Beruf als Architekt arbeiten würde. Seine Stelle als General brachte ihm zwar Ansehen und der Familie viele Vorteile, aber sie war für ihn eine große Last und machte ihn immer unglücklicher und unzufriedener. Mary hatte schon seit Wochen deutlich gespürt, dass ihr Vater abends sehr bedrückt nach Hause gekommen war. Aus den Unterhaltungen der Eltern hatte sie deren Sorgen um die Zukunft der Familie und des ganzen Landes, das unter den Kriegshandlungen litt, herausgehört.

Nun hatten die Eltern also einen völlig überraschenden Ausweg aus dieser Situation gefunden.

„Ich werde zunächst allein in die USA reisen. Später, wenn ich dort eine feste Stelle gefunden habe, werdet ihr alle nachkommen", erklärte der Vater. Die Eltern waren offensichtlich fest entschlossen, ihren Vorsatz in die Tat umzusetzen.

„Wir sind so froh, dass wir endlich alle Papiere für diese Ausreise zusammen haben! Das Neujahrsfest werden wir noch gemeinsam bei der Familie eures Onkels feiern. Gleich anschließend wird Vater in die USA aufbrechen." Mutters Stimme klang so erleichtert und fröhlich, trotzdem gelang es Mary nicht, ihre Bedenken hinunterzuschlucken.

„Aber dann bist ja so weit fort. Amerika – wo liegt denn dieses Land?" Nur mit Mühe gelang es Mary ihre Tränen zurückzuhalten. Hilfesuchend schaute sie ihre Geschwister an.

„Und was wird dann mit uns?" Auch aus Maras Stimme konnte Mary den Schock über die Nachricht heraushören.

Nur ihr kleiner Bruder saß auf dem Schoß der Mutter und kuschelte sich an ihren Bauch. Er war zu klein, um die Tragweite der Nachricht zu begreifen.

„Es ist nur für ein paar Monate, dann könnt ihr nachkommen. Ihr werdet sehen, in Amerika wird es uns viel besser gehen. Dort gibt es keinen Krieg und viel angenehmere Lebensumstände." Vaters Stimme klang so hoffnungsvoll wie schon lange nicht mehr.

Zweifelnd schüttelte Mary den Kopf. Wie konnte sich ihr Leben in so kurzer Zeit völlig ändern? Ihr gefiel es gut in Phnom Penh. Hier hatte sie ihre Freundinnen, ihre Schule, einen schönen Garten und nette Nachbarn. Sie wollte nicht fort. Mary wurde ganz bang ums Herz, wenn sie daran dachte, dass sie ihren Vater bald monatelang nicht sehen würde.

Aber die Eltern hatten so unglaublich glücklich ausgesehen, dass sich Mary die leisen Zweifel an diesem Plan verbot. Außerdem wusste sie, dass sie ohnehin keine

Möglichkeit hatte, gegen ihre Eltern zu rebellieren. Sie musste gehorchen, und wenn sie ganz ehrlich war, freute sie sich auch ein wenig auf das Abenteuer, das vor ihr lag. Mary seufzte. Gleich würde das Kindermädchen sie und Mara unerbittlich aus dem Bett werfen und sie beide dann nach dem Frühstück zur Schule schicken. Nur der kleine Bruder durfte zu Hause bleiben und spielen. Manchmal beneidete ihn Mary darum.

Nach dem Frühstück, das wie immer aus Nudeln bestand, machten sich die beiden Mädchen auf den Weg zur Schule. Aufgeregt unterhielten sie sich über die spannenden Neuigkeiten. Mary nahm Maras Hand und drückte sie fest. Wie gut, dass sie einander hatten!

„Wir bleiben immer zusammen, auch in Amerika!"

Mara nickte ernsthaft: „Das schwören wir!"

Doch die beiden Schwestern hatten noch viel mehr zu bereden, schließlich stand ja das Neujahrsfest, das wichtigste Fest des Jahres, vor der Tür. Wie jedes Jahr würden sie die drei Festtage bei der Familie ihres Onkels verbringen. Der Onkel war Pilot und wohnte beim Flughafen, und die Besuche dort waren immer sehr schön und lustig. Deshalb überdeckte die Vorfreude auf die kommenden Tage die bangen Fragen nach der Zukunft ihrer Familie.

Ungeduldig ließen die beiden Schwestern den morgendlichen Unterricht über sich ergehen, dann trafen sie sich wieder am Schultor, um sich gemeinsam auf den Heimweg zu machen. Nach dem Mittagessen, den Hausaufgaben und den zusätzlichen Schreibaufgaben ihrer Mutter hatten sie endlich Zeit, miteinander zu spielen. Eigentlich durften sie nicht mit den Nachbarskindern spielen, das erlaubte die Mutter nicht. Doch manchmal ließ sich das Kindermädchen überreden, und sie durften über die Mauer aufs Nachbargrundstück klettern.

„Ihr müsst aber pünktlich zu Hause sein“, wurden sie jedes Mal ermahnt.

Mara holte schnell das Hüpfseil und kam mit ihrem kleinen Bruder in den Garten.

Doch Mary hatte schon die weiße Kreide in der Hand.

„Komm, wir spielen Himmel und Hölle.“

Mary begann das Spiel auf den Boden zu malen.

„Ich will aber Seilhüpfen!“

Mara drückte Marong ein Seilende in die Hand. Mary zuckte gleichgültig mit den Schultern und zog unbeeindruckt weiter ihre Kreidestriche.

„Wenn du nicht mitspielst, dann geh ich rüber und schau, ob die mit mir spielen!“ Sie zeigte auf den Garten nebenan, von wo das Lachen der Nachbarskinder herüberschallte.

„Mara verzog wütend das Gesicht, als sie merkte, dass sie mit ihrem Spielvorschlag den Kürzeren ziehen würde, und gab ihrer Schwester einen harten Stoß. Mary taumelte, fing sich wieder, hob die Hand, um sich zu wehren. Das würde sie sich nicht gefallen lassen.

„Das darfst du nicht! Das sag ich Mama!“

Marong hatte Tränen in den Augen. Gleich würde die Auseinandersetzung in einen handfesten Streit ausarten. Er hasste diese Händeleien.

Mara schaute Marong erschrocken an. Wenn die Eltern am Abend von den Streitereien erfuhren, würde es Ärger geben. Nie schlugen Vater oder Mutter die Kinder, aber es gab andere Strafen. Sie mussten mit den Fingerknöcheln hart auf die Tischplatte schlagen, so dass sie schmerzten, und versprechen, nie wieder böse zu sein. Es war eine große Schande, wenn die Eltern sie auf diese Art bestraften, und hinterher waren die Knöchel ganz rot.

Manchmal nahmen die Eltern ihnen zur Strafe sogar das Spielzeug für eine Weile weg. Mary und Mara schämten sich immer sehr, wenn die Eltern sie bestraften. Das wollten sie heute Abend ganz sicher nicht erleben, vor allem nicht, wenn sie morgen zum Neujahrsfest fuhren. Darauf freuten sie sich schon seit Wochen, und sie wollten auf gar keinen Fall, dass sich vor dem großen Fest die Stimmung eintrübte. Drei Tage würden sie bei Onkel Jeomg, seiner Frau und ihren Cousins und Cousinen verbringen, und wie jedes Jahr würden diese Festtage ganz besonders und wunderschön werden.

Mary und Mara schauten einander an, dann grinsten sie und reichten sich zur Versöhnung die Hände.

ជីវិត

Songvath

17. April 1975

Müde öffnete Songvath seine Augen. Ein ungewöhnlicher Lärm hatte ihn früher als gewohnt geweckt. Er hörte laute, aggressive, unbekannte Stimmen. Dabei handelte es sich nicht um die üblichen Streitereien im Dorf. Nein, auf dem Dorfplatz war ein handfester Tumult im Gange. Er versuchte, eine bequemere Lage auf der Bambusmatte zu finden, dabei störte er jedoch seinen kleinen Bruder,

der neben ihm lag und verärgert „Ruhe! Ich will noch ein wenig schlafen!“ brummte.

Das Geschrei wurde lauter. Jetzt war er endgültig wach und lauschte angestrengt. Es waren fremde Stimmen, der Ton war unfreundlich und barsch. Suchend schaute er sich in der Bambushütte um. Seltsam, die Eltern waren nirgends zu sehen. Sollte er nachschauen, woher die Aufregung kam? Seine Neugierde siegte.

„Hörst du den Lärm da draußen?“ Songvath stieß seinen Bruder unsanft an. „Lass uns aufstehen und nachsehen, was los ist!“

„Lass mich in Ruhe!“

„Ich geh jetzt und schau nach, woher dieser Tumult kommt.“

Er erhob sich träge, und auch sein Bruder bewegte sich widerwillig. Gemeinsam machten sie sich auf, dorthin, wo der Aufruhr zu sein schien.

Starr vor Schreck blieben sie stehen. So etwas Furchteinflößendes hatte Songvath noch nie gesehen. Auf dem Dorfplatz standen Soldaten mit finsteren Blicken, bewaffnet mit Gewehren und Messern. Sie waren ganz in Schwarz gekleidet, trugen um den Bauch ein rotes Band und um die Stirn ein rotes Tuch. Manche von ihnen waren noch jung, kaum älter als er selbst.

Wie eine unheimliche dunkle Mauer standen die Soldaten, die laute Befehle in die Menge brüllten, den schweigenden Dorfbewohnern gegenüber. Songvath wagte kaum zu atmen. Stumm betrachtete er die Drohkulisse. Einer der Soldaten schrie etwas, was er nicht verstehen konnte. Als er seine Eltern in der Menschenmenge entdeckte, blieb ihm vor Schreck fast das Herz stehen. Selbst sein Vater, der sonst immer so stark war und von den anderen Dorfbewohnern mit großem Respekt behandelt wurde, schien neben den Schwarzgekleideten kleiner zu werden.

Songvaths kleiner Bruder fing an zu weinen.

„Ich will zu meiner Mama!"

Vergeblich versuchte er, ihn zu beruhigen, indem er ihm den Mund zuhielt. Auf gar keinen Fall wollte er in dieser beängstigenden Situation auffallen. So versuchte er, sich mit seinem heulenden Bruder unauffällig in die Bambushütte zurückziehen. Doch es war zu spät. Die beiden hatten bereits die Aufmerksamkeit auf sich gezogen.

Einer der Soldaten winkte ihn mit seinem Gewehr zu sich. Songvaths Mutter schluchzte auf. Mit bebenden Knien und gesenkten Augen ging er auf den Mann zu, seinen weinenden Bruder, der sich fest an seine Hand klammerte, hinter sich herziehend. Zögernd schaute er auf. Er wollte unbedingt seine Angst verbergen, aber seine Knie zitterten wie nach einem langen Marsch durch den Dschungel.

Der Soldat hatte seinen furchteinflößenden Blick wieder auf die anderen Dorfbewohner gerichtet. Songvath und seinen Bruder, die beide immer noch verstört vor ihm standen, schien er gar nicht mehr zu bemerken.

Er hielt eine laute Rede an die Menschen. Seine Stimme dröhnte über den Platz.

„Wir sind die neuen Befehlshaber in unserem neuen Staat Kambuchea. Von nun an wird alles anders, alles besser."

Um seine Worte zu unterstreichen, schoss er mit seinem Gewehr in die Luft. Die anderen Soldaten begleiteten seine Worte mit lautem Jubel. Auch einige der Dorfbewohner stimmten mit ein.

Am liebsten hätte sich Songvath die Ohren zugehalten. Er traute den Soldaten nicht. Sie hatten harte und steinerne Mienen. Was sie wohl im Schilde führen? Er wagte nicht, seine Frage laut auszusprechen.

Wieder schoss der Soldat in die Luft, und es kehrte Ruhe ein.

„Ihr bringt jetzt alle Kinder hierher auf den Dorfplatz. Sie gehören von nun an unserem Land, dem neuen Kambuchea."

Die Worte dröhnten über den Platz. Schweigend schaute die Menschenmenge die Soldaten an. Niemand bewegte sich. Keiner schien die Bedeutung dieser Sätze zu erfassen.

Songvaths Nachbarin, deren Reisfeld vor einiger Zeit von den Büffeln zertrampelt worden war, schien plötzlich wie aus einem Alptraum zu erwachen. Sie schüttelte den Kopf und schrie mit lauter Stimme: „Nein!" Weitere Zuhörer schlossen sich ihr an.

Da sprang einer der Schwarzgekleideten wütend hervor und schlug ihr mit dem Gewehr auf den Kopf. Songvath vernahm ein hässliches Knirschen. Es hörte sich an, als hätte jemand einen trockenen Ast zerbrochen. Stöhnend fiel die Frau zu Boden. Aus einer Wunde an ihrem Kopf schoss Blut wie aus einer Quelle. Niemand wagte, ihr zu Hilfe zu kommen. Schweigend ging die Menge auseinander, jeder zu seiner Hütte, um die Kinder zu holen. Niemand traute sich, Widerstand zu leisten. Der Mann, dessen Frau zusammengeschlagen worden war, schaute ängstlich in die ausdruckslosen Mienen der Soldaten, bückte sich zögernd, dann hob er seine Frau auf. Mit Tränen in den Augen trug er sie zu seiner Hütte.

Am liebsten hätte Songvath laut geweint, aber die Soldaten schauten so böse, dass er seine zitternden Lippen zusammenpresste und versuchte, den dicken Kloß in seinem Hals hinunterzuschlucken. Stocksteif blieb er stehen, schaute starr geradeaus und drückte die Hand seines kleinen Bruders ganz fest. Aus den Augenwinkeln konnte er erkennen, wie sich von verschiedenen Seiten Menschen näherten. Zögernd brachten die Erwachsenen ihre Kinder zum Dorfplatz. Während die Eltern schwiegen, redeten die Kinder aufgeregt durcheinander. Doch die furchteinflößende Atmosphäre steckte alle an und brachte auch sie zum Schweigen. Bald stand eine stumme Menschenmenge der schwarzen Wand gegenüber.

Jetzt stellte einer der Soldaten einen Stock senkrecht auf den Boden. Songvath kniff die Augen zusammen. Was er wohl damit vorhatte? Er sollte es gleich erfahren. Mit einer Geste wurden die Kinder aufgefordert, hervorzutreten und sich neben den Stock zu stellen. Diejenigen, die kleiner waren als der Stock, kamen auf die eine Seite, diejenigen, die gleichgroß oder größer waren, kamen auf die andere Seite des Stockes. Bald standen auf beiden Seiten viele Kinder. Es schien fast wie ein Spiel zu sein, wäre die Szenerie nicht so beängstigend gewesen.

Irgendwie war Songvath sogar ein bisschen stolz, in der Gruppe mit den größeren Kindern zu sein, während sein Bruder und seine jüngeren Schwestern, die die Eltern inzwischen ebenfalls geholt hatten, bei den Kleinen standen. Als er allerdings in die Augen der Soldaten schaute, erschrak er über deren grimmige Blicke.

Während die Menschen starr vor Angst darauf warteten, was nun geschehen würde, machten sich einige Soldaten auf, die Hütten zu durchsuchen. Songvath schaute auf den Boden, er versuchte möglichst unsichtbar zu sein und niemandem aufzufallen. Jetzt fand er das Spiel überhaupt nicht mehr lustig.

Zwei der größeren Jungen hatten sich versteckt, oder vielleicht waren sie auch zu müde gewesen, um zu so früher Stunde die Bambusmatte zu verlassen. Doch die Soldaten kannten kein Pardon. Sie trieben die beiden schluchzenden Kinder vor sich her auf den Dorfplatz. Immer wieder schlugen sie mit dem Gewehr auf ihren Rücken. Humpelnd stellten sich die Jungen mit gesenktem Kopf zu der Gruppe der größeren Kinder. Jetzt ergriff der Anführer das Wort:

„Angka möchte, dass die Kinder mitkommen. Sie gehören jetzt Angka."

Fragend und kopfschüttelnd schauten sich die Dorfbewohner an. Ein Murmeln machte die Runde. „Wer war Angka?" Noch nie hatte jemand dieses Wort gehört.

Der Soldat gab einen Schuss ab. Sofort kehrte Ruhe ein.

„Angka sieht alles und Angka hört alles. Angka ist überall. Angka ist die Organisation." Dann wandte er sich an die großen Kinder, die sich ängstlich zusammenscharten.

„Ihr kommt mit. Ihr habt jetzt eine wichtige Aufgabe. Angka wird sich um euch kümmern, und ihr dürft für Angka arbeiten. Angka braucht euch. Ab jetzt gehört ihr Angka, nicht mehr euren Eltern."

Zwei Frauen sprangen vor.

„Nein!" Ihr verzweifelter Schrei ging durch Mark und Bein.

„Was passiert mit unseren Kindern?“ Sie warfen sich auf die Knie und flehten: „Lasst uns bitte unsere Kinder! Wir geben unsere Kinder nicht her!“

Mit schreckgeweiteten Augen sah Songvath, wie ein Soldat den Frauen mit dem Gewehrkolben auf den Kopf schlug. Wie in Zeitlupe fielen sie in sich zusammen und sanken mit einem dumpfen Schlag zu Boden, wo sie reglos liegenblieben

„Zu Angka darf man nicht nein sagen! Ein Nein gibt es bei Angka nicht. Angka muss man gehorchen. Angka hat so viele Augen wie eine Ananas*. Sie sieht alles!“ brüllte er mit schneidender Stimme.

Jetzt wagte niemand mehr, sich zu wehren. Eine nie gekannte Angst kroch in Songvath hoch und schnürte ihm wie eine Würgeschlange die Luft ab. Er konnte kaum noch atmen. Was würde mit ihnen geschehen?

Gestern hatten sie ihm Dorf noch gemeinsam auf den Reisfeldern gearbeitet, die Stimmung war unbeschwert und fröhlich gewesen. Heute lag eine schreckliche Angst wie eine bleierne Decke über den Menschen, die schweigend auf die Anweisungen der Soldaten hörten. Keiner hatte damit gerechnet, dass ihr Leben sich innerhalb eines Tages auf so furchtbare Weise ändern würde. Keiner wagte sich zu rühren. Starr schaute Songvath auf den Boden, niemand sollte seine Bestürzung sehen.

Die größeren Kinder wurden nun separiert. Eingeschüchtert und starr vor Schreck blieben ihre Eltern stehen und schauten zu, wie die Kinder, die zum Abtransport ausgewählt wurden, sich in Reihen aufstellen mussten. Keiner der Bewohner wagte zu widersprechen. Das Bild

---

* Das ist ein kambodschanisches Sprichwort. Damit soll ausgedrückt werden, dass die Organisation ihre Augen überall hat und ihr nichts verborgen bleibt.

der blutenden Frau, die sich mutig gewehrt und sich vor ihre Kinder gestellt hatte, hatte sich tief in die Herzen der Leute eingebrannt. Ein weiterer Widerspruch, davon waren alle überzeugt, würde zu einem Blutbad führen. Schließlich waren

die Soldaten bewaffnet und hatten bereits sehr deutlich demonstriert, dass sie nicht zögern würden, von ihren Gewehren Gebrauch zu machen.

Die Erwachsenen schluchzten auf, als sich die Soldaten mit den Kindern Richtung Dschungel in Bewegung setzten, während einige der Bewaffneten zurückblieben und die Dorfbewohner mit ihren Waffen in Schach hielten.

Songvath marschierte langsam mit den anderen Kindern los. Noch einmal schaute er zurück. Es zerriss ihm fast das Herz, als er die Tränen in den Augen seiner Mutter und den starren Blick seines Vaters wahrnahm. Er ballte die Fäuste, um nicht laut aufzuheulen, senkte seinen Blick und setzte einen Fuß vor den anderen. Was war wohl das Ziel des Marsches? Neben ihm lief der Nachbarjunge Mean. Vorsichtig warf er ihm einen Blick zu. Er sah, dass Mean Tränen über die Wangen liefen. Songvath nahm Means Hand, es tat gut, einen Freund neben sich zu haben und nicht alleine zu sein. Hand in Hand gingen sie weiter.

„Vielleicht wird es ja ganz lustig, wenn wir zusammen einen Ausflug machen", flüsterte Songvath und versuchte entgegen all dem, was er in den letzten Stunden erlebt hatte, irgendwo im seinem Inneren nach einem kleinen Hoffnungsschimmer zu suchen.

„Immerhin haben wir uns beide. Wir wollen immer zusammenbleiben."

Verschwörerisch schaute er seinen Freund an. Er wollte den Mut nicht sinken lassen, denn eines hatte er in seinem kurzen Leben schon gelernt: Wenn er die Hoffnung aufgab, war er verloren.

Gleich spürte er einen schmerzhaften Stoß im Rücken.

„Angka erlaubt nicht, dass ihr unterwegs redet", brüllte ein Soldat hinter ihm.

Schweigend liefen die Kinder weiter. Immer wieder musste Songvath an seine Mutter denken und an ihr Schluchzen, als sich die Gruppe in Bewegung setzte. Er schluckte und drückte Means Hand fester. Die Erinnerung an seine Familie war wie ein schmerzender Riss. Er versteckte sie tief in seinem Herzen, dort wo sie weder Angka noch die Soldaten finden konnten.

Während sie durch den Dschungel gingen, wurde die Hitze immer drückender. Der Schweiß rann über seinen Rücken. Jetzt war er froh, dass er es gewohnt war, barfuß zu gehen und dass seine Fußsohlen hart waren, so verletzte er sich nicht an den stacheligen Pflanzen und spitzen Steinen. Andere weinten und bewegten sich nur mühsam vorwärts, ihre Füße hatten bereits nach wenigen Stunden blutige Schrammen.

Songvath realisierte bald, dass sie nicht als Einzige unterwegs waren. Von allen Seiten kamen immer neue Gruppen von Kindern und schlossen sich ihnen an. Nach einigen Stunden wanderten Hunderte von Kindern schweigend durch den Dschungel. Plötzlich stoppten sie an einer Lichtung. Die Soldaten erlaubten ihnen, sich zu setzen.

Erleichtert suchten sich Songvath und Mean einen möglichst bequemen und schattigen Platz. Erschöpft schloss Songvath seine Augen und lehnte sich an Mean.

Wieder tauchte das Bild seiner Mutter auf, wie sie traurig hinter ihm herwinkte. Mühsam unterdrückte er seine Tränen. Dies war längst kein Spiel mehr. Wie aus weiter Ferne hörte er einen blechernen Ton. Es hörte sich an, als hätte jemand gegen eine Autofelge geschlagen. Mean zog ihn an der Hand.

„Komm, wir müssen aufstehen“, flüsterte er.

Müde erhob sich Songvath und schloss sich den anderen Kindern an.

Die Soldaten forderten sie auf, sich in Reihen aufzustellen. Jedes Kind erhielt einen Löffel, eine kleine Schüssel, die gefüllt war mit etwas Reis und Soße, sowie einen Becher mit Wasser. Gierig schlangen sie das Essen hinunter, jetzt erst merkten sie, wie groß ihr Hunger nach dem langen Marsch war. Doch leider war der Inhalt ihrer Schüssel viel zu schnell aufgegessen. Nachschlag gab es keinen, obwohl ihre Mägen sich noch immer leer anfühlten.

Nach dem Essen mussten sich alle Kinder ausziehen und ihre Kleider auf einen großen Haufen werfen. Dann erhielten sie schwarze Hosen und schwarze Jacken, die von den Soldaten gebracht worden waren. Die Hose war Vath viel zu groß, er krempelte sie hoch, so dass er damit gehen konnte. Er sah einen anderen, größeren Jungen, dem ging die Hose nur bis an die Wade. Der weite Kittel wurde mit einem roten Band zusammengerafft. Songvath krempelte auch die Ärmel hoch, damit die Hände nicht darunter verschwanden.

„Angka will, dass alle gleich sind“, erklärte einer der Soldaten.

Aus dem bunten Kleiderhaufen wurde ein riesiges Feuer gemacht. Traurig schaute Songvath zu, wie seine

Kleider zu Asche wurden. Wieder, wie schon so oft an diesem schrecklichen Tag, schluckte er seine Tränen hinunter. Jetzt hatte er nichts mehr, was ihn an sein Zuhause erinnerte.

Viel zu schnell war die Pause vorbei, und der Marsch durch den Dschungel ging weiter. Mit der schwarzen langen Hose wurde das Gehen noch anstrengender. Jetzt beneidete er den Jungen, dessen Hose zu kurz war.

Songvath hörte, wie ein Kind vor ihm laut weinte und jammerte: „Ich kann nicht mehr." Sofort erhielt es einen harten Stoß von einem der Angka-Leute.

„Angka will nicht, dass ihr schwach seid und heult. Angka braucht starke Menschen."

Das Kind stolperte und stürzte. Noch einmal bekam es einen Stoß, diesmal härter. Es rollte einen Abhang hinunter und blieb in einem Graben liegen. Niemand kümmerte sich darum. Songvath wollte aus der Reihe ausscheren und machte einen Schritt zur Seite. Ihm tat das Kind leid, aber er bemerkte den einschüchternden Blick von einem der Soldaten und nahm dessen drohende Geste mit dem Gewehr wahr. Jetzt traute er sich nicht mehr, nach dem Kind im Graben zu sehen, und ging weiter. Er sah es nie wieder.

Die Sonne ging unter, und noch immer wurden sie gezwungen weiterzugehen. Mühsam, wie in Trance, setzte er einen Fuß vor den anderen und hielt Means Hand fest in der seinigen. Immer wenn Mean schwächelte, zog er ihn weiter und stützte ihn, so gut es ging. Auf gar keinen Fall wollte er den Freund verlieren. Einige Kinder waren bereits gestolpert und hingefallen. Wenn sie nicht mehr aufstehen konnten, gaben ihnen die Angka-Leute, wie Songvath die Soldaten insgeheim nannte, einen

Schubs, so dass sie nicht mehr im Weg lagen, und ließen sie dann achtlos liegen.

Endlich stoppte die Karawane an einer Lichtung. Vath konnte einige große Hütten erkennen. Jedem Kind wurde eine Bambusmatte in die Hand gedrückt, und dann durften sich alle in den Hütten schlafen legen. In engen Reihen lagen sie nebeneinander, und keiner traute sich zu reden. Jeder versuchte sich möglichst still zu verhalten. Nur nicht auffallen, das hatte Songvath heute gelernt.

Am nächsten Morgen wurden sie von lautem Geschrei geweckt. Einer der Angka-Leute befahl ihnen aufzustehen und sich vor ihrer Hütte zu versammeln. Auch aus den anderen Hütten strömten Kinder. Songvath nahm Mean an der Hand, und gemeinsam verließen sie ihren Schlafplatz. Dann schaute er sich um und staunte über die vielen Kinder, die mit fragenden Blicken vor den Hütten standen. Alle trugen dieselbe Kleidung. In der großen Menschenmenge war es schwierig, einzelne Personen zu unterscheiden. Eine schwarze Masse stand auf dem Platz und wartete unsicher und ängstlich darauf, was nun geschehen würde. Niemand wagte laut zu sprechen, nur leises Flüstern war zu hören.

Songvath fuhr der Schreck durch alle Glieder, als er mehrere Schüsse hörte. Einer der Soldaten hatte eine Gewehrsalve in die Luft abgefeuert. Zu seiner Erleichterung bemerkte er, dass bei dieser Aktion keiner verletzt worden war. Jetzt wagte niemand mehr zu reden. Alle mussten sich in geordneten, langen Reihen aufstellen. Interessiert betrachtete Songvath eine hohe Stange, an der eine rote Flagge hing, auf der ein gelbes Haus aufgemalt war, welche die ganze Szene überragte. Einer der Soldaten begann zu sprechen:

„Ihr seid jetzt Kinder von Angka. Angka braucht euch. Ihr werdet auf den Reisfeldern arbeiten. Damit das Land genug Reis für alle hat. Angka will, dass es allen gut geht."

Dann forderten die Soldaten alle auf zu klatschen und zu rufen:

„Angka! Angka! Angka!"

„Angka ist euer Befreier! Angka ist euer Retter! Ihr gehört Angka!"

„Angka! Angka! Angka!" antworteten alle zusammen gehorsam und klatschten.

Nach diesem Appell ging es los auf die Reisfelder. Vaths Aufgabe war es, zusammen mit vielen anderen Kindern mit Hilfe eines Tragjochs Wasser auf die Felder zu transportieren. Nach einigen Stunden schmerzten seine Schultern, aber er biss die Zähne zusammen.

„Angka mag keine Schwäche", das hatte er schon auf dem Weg zum Lager gelernt.

Songvath beobachtete genau, wie sich die Angka-Leute verhielten und was sie von den Kindern erwarteten. Er wusste, wenn er überleben wollte, war es wichtig, sich richtig zu verhalten, denn immer wieder brachten die Aufseher Kinder in den Dschungel, die nie wieder zurückkamen.

Am folgenden Tag sortierten sie die Kinder aus, die eine Brille trugen.

„Angka sagt, Brillenkinder seien gebildete Kinder. Angka will keine Menschen, die sich mit unnötigem Wissen vollgestopft haben. Angka braucht Kinder, die arbeiten", erklärten die Aufseher und gingen mit den Kindern, die Brillen trugen, in den Dschungel. Songvath sah sie nie wieder.

Eines Morgens hörte er, wie einer der Soldaten zu einem anderen sagte: „Diejenigen, die einen langen Namen haben, das sind Kinder aus wohlhabenden Familien in den Städten. Wir wollen aber nur Kinder vom Dorf. Die Bauern sind unsere Zukunft. Angka mag keine reichen Leute.“

Von da an änderte er seinen Namen. Songvath – der Ehrgeizige – so hatten ihn die Eltern genannt. Jetzt strich er die erste Silbe weg und nannte sich von nun an nur noch „Vath“.

ជីវិត

Mary

17. April 1975

Die gleichmäßigen Geräusche des Motors wirkten beruhigend und einschläfernd. Mary träumte auf dem Rücksitz des Autos vor sich hin. Neben ihr saßen Marong und Mara. Vater und Mutter unterhielten sich leise, während der Vater das Auto lenkte. Mary dachte an die vergangenen Tage. Das Neujahrsfest lag hinter ihnen. Es war wie jedes Jahr eine wunderschöne Zeit gewesen. Doch dann schlich sich unbemerkt eine seltsame Traurigkeit in Marys Gedanken und legte sich wie ein grauer Schleier auf die fröhlichen Erinnerungen.

Viele Monate hatte sie sich auf die Festtage gefreut, und nun waren sie schon wieder vorbei, und sie musste ein ganzes Jahr warten, bis wieder Neujahr war. Vielleicht würden sie nächstes Jahr gar nicht mehr in Kambodscha, sondern schon in den USA leben. Oder ihr Vater würde in dem fremden fernen Land leben, und sie würden getrennt von ihm Neujahr feiern müssen. Auf jeden Fall würden sie nie wieder ein so schönes Neujahrsfest erleben wie in den vergangenen Tagen. Alles würde in den kommenden Jahren anders sein. Mary schluckte, daran wollte sie jetzt auf gar keinen Fall denken, sondern lieber an die vergangenen Tage, an denen sie mit ihren Verwandten so viel Spaß gehabt hatten.

Der Ablauf der Festtage war dieses Jahr wie immer gewesen, auch wenn ein Anflug von Melancholie die Zeit überschattet hatte. Zunächst waren sie alle in den buddhistischen Tempel gegangen. Mary war es dort zwar ein wenig langweilig gewesen, doch sie wusste, dass dies zum Neujahrsfest dazu gehörte und sie Ärger bekommen würde, wenn sie sich nicht ruhig und angemessen verhielte.

Am Abend hatte die Tante ein leckeres Essen gekocht. Es gab eine Fischsuppe mit Zitronengras, Ingwer und verschiedenen Fischen, anschließend ein Hauptgericht aus Reis, Nudeln und viel Fleisch, dazu Sojabohnen, Limonenspalten und Frühlingszwiebeln. Zum Nachtisch aßen sie gekochte Bananen mit Kokos und Erdnüssen. Mary lief noch immer das Wasser im Mund zusammen, wenn sie daran dachte. Auch an den anderen Tagen hatte die Tante sie großartig bewirtet. Noch immer spürte sie den Geschmack von Curry und Kurkuma auf ihrer Zunge. Sie hatten Geschenke bekommen, Spiele gemacht und viel gelacht. Mary drückte ihre neue Puppe fest an sich und schaute zu Marong, der sein neues Kuscheltier auch im Schlaf in den Armen hielt.

Plötzlich bremste das Auto stark ab und brachte Mary unsanft in die Gegenwart zurück. Sie hielt sich am Türgriff fest, um nicht vom Sitz zu rutschen, und öffnete erschrocken die Augen. Waren sie denn schon zu Hause angelangt?

„Lasst die Autotür zu und seid still!" sagte der Vater mit harter Stimme.

Mary zuckte zusammen. In diesem Ton hatte sie ihren Vater noch nie reden hören.

Die Mutter, kreidebleich, starrte geradeaus. Mary schaute forschend aus dem Autofenster. Was war passiert? Hatten sie einen Unfall gehabt? Im Schritttempo fuhr der Wagen weiter. Dann hörte sie einen lauten Knall, der ihr in den Ohren gellte und den sie ihr Leben lang nicht vergessen würde. Der Schreck fuhr ihr in alle Glieder, sie begann zu zittern und hielt sich den Mund zu, um nicht zu schreien.

Sie waren tatsächlich vor ihrem Haus angelangt. Doch ihr Vater hielt nicht an, sondern fuhr langsam weiter.

Stopp! Wir sind zu Hause! wollte sie rufen, doch die Worte blieben ihr im Hals stecken.

Zu ihrem Entsetzen sah sie, dass vor ihrem Haus Soldaten standen mit Gewehren in der Hand, die sie hoch in die Luft reckten. Sie hatten schwarze Uniformen an und schauten sie böse an. Dann gaben sie unmissverständlich Zeichen weiterzufahren und schossen dabei immer wieder in die Luft, um ihrem Befehl Nachdruck zu verleihen.

„Weiterfahren! Weiterfahren! Die Amerikaner werden in die Stadt einmarschieren! Ihr müsst Phnom Penh sofort verlassen. Ihr müsst weiterfahren, sonst werdet ihr hier sterben!" riefen die Männer immer wieder.

Mit zusammengepressten Lippen lenkte der Vater das Auto durch die Stadt, während die Kinder sich in den Rücksitz kauerten und versuchten, sich so unsichtbar wie möglich zu machen.

Immer mehr Wagen schlossen sich ihnen an, und in einem langen Konvoi verließen sie die Stadt, während andere Menschen, die nicht so viel Glück hatten wie sie, sich zu Fuß auf den Weg machten. Wegen der Menschenmassen kamen sie mit ihrem Wagen jedoch nur sehr langsam vorwärts.

„Was ist passiert?" Irgendwann versuchte Mary zaghaft nachzufragen.

„Seid still und schlaft weiter!" Mutters Stimme klang schrill und panisch.

Die Angst schnürte Mary die Kehle zu. So hatte sie ihre Eltern, die sonst immer so souverän waren, noch nie erlebt. Sie schloss die Augen und tat, als schliefe sie, obwohl alle ihre Sinne in Alarmzustand waren. Hier schien sich etwas Schreckliches, Unwirkliches abzuspielen, und sie verstand überhaupt nicht, was. Sie fiel in einen unruhigen Dämmerschlaf, immer wieder unterbrochen von Geschrei und Geknalle, dem eine bedrückende Stille folgte.

Sie merkte, wie sie sich immer weiter von Phnom Penh entfernten. Längst waren die Hochhäuser verschwunden und wurden von niedrigen, strohbedeckten Hütten abgelöst, die vereinzelt am Straßenrand standen. Die asphaltierte Straße war in eine mit Staub bedeckte Buckelpiste übergegangen.

„Ich habe Hunger", ließ sich Marong zaghaft hören.

„Ich auch", schloss sich Mara an.

Inzwischen war es hell geworden. Kein Wunder, dass sie Hunger hatten, es war schließlich Frühstückszeit.

„Zum Glück hat uns die Tante reichlich von dem Festessen mitgegeben", Mutter versuchte hoffnungsvoll zu klingen, doch Mary spürte das ängstliche Zittern in ihrer Stimme.

„Du musst das Essen einteilen, wir wissen nicht, wie lange wir unterwegs sein werden", warnte der Vater leise und steuerte den Wagen an den Straßenrand.

Mary musterte die unglaubliche Menschenmenge, die sich auf der Straße vorwärtsbewegte und sich an ihrem parkenden Auto vorbeidrängte. Die Leute trugen Säcke und Taschen, manche zogen Handwagen hinter sich her und schleppten sich müde vorwärts. Sie taten ihr leid. Wie gut, dass ihre Familie mit dem Auto fahren konnte!

Die Mutter verteilte sorgfältig das Essen. Jeder erhielt eine genau abgeteilte Menge vom Festessen der vergangenen Tage. Es war zwar kalt, schmeckte aber immer noch lecker und füllte die leeren Mägen.

Dieser Tag sollte sich tief in das Gedächtnis von Mary einbrennen. Es war das letzte Mal für lange Zeit, dass sie sich satt essen konnte. Nie würde sie diese Mahlzeit vergessen.

Plötzlich tauchten Soldaten zwischen der Menschenmenge auf.

„Weiterfahren! Weiterfahren!" forderten sie die Familie En unwirsch auf und drohten mit ihren Waffen.

Vorsichtig startete der Vater das Auto und reihte sich erneut in den Flüchtlingsstrom ein. Die wenigen Autos zwischen den Fußgängern kamen nur schrittweise vorwärts. Dennoch war Mary froh, dass sie im Wagen sitzen konnte, er gab ihr ein kleines bisschen Sicherheit mitten in diesem brodelnden Chaos.

Plötzlich gab der Motor hustende Geräusche von sich und ging schließlich ganz aus. Vater drehte den Zündschlüssel mehrmals um, doch das Auto gab nur noch ein müdes „Klack“ von sich.

„Wir haben kein Benzin mehr“, hörte sie Vaters tonlose Stimme. „Tanken können wir hier nirgends, alle Tankstellen sind von den Roten Khmer, die jetzt das Sagen im Land haben, besetzt.“

Mutter schluchzte auf und schlug die Hände vors Gesicht.

„Was nun? Wie soll es jetzt weitergehen?“

„Wir werden zu Fuß gehen müssen.“

Entsetzt schaute Mary die Eltern an. Dann fiel ihr Blick auf die Flüchtlingsströme, die sie noch vor wenigen Minuten bemitleidet hatte, nun sollten auch sie zu diesen bedauernswerten Menschen gehören.

Nein, da mach ich nicht mit, wollte sie schreien. Aber sie sah die hoffnungslosen und traurigen Augen ihres Vaters und schwieg. Sie wusste, wenn es irgendeine Lösung geben würde, hätte ihr Vater sie längst gefunden. Schweigend packten sie die wenigen Habseligkeiten, die sie im Auto hatten, zusammen. Vater und Mutter trugen die schweren Koffer, während die Kinder die kleineren Taschen nahmen. Traurig reihten sie sich in den Menschenstrom ein, der sich langsam vorwärtsbewegte.

Mary lagen viele Fragen auf der Zunge:

Wie lange sollte diese Wanderung dauern und was war das Ziel? Warum waren sie überhaupt in diese missliche Situation geraten?

Mary wollte einfach nur nach Hause, doch sie traute sich nicht, ihren Vater, der sich mit gebücktem Rücken vorwärtsschleppte, anzusprechen. Der Gedanke, dass sogar der Vater keine Antwort mehr wusste, schien ihr unerträglich.

ជីវិត

Vath

Jeden Morgen bereits vor Sonnenaufgang erklangen laute Schläge auf einen Blechdeckel, der am Ast eines Baumes hing. Diese durchdringenden Töne waren das Signal zum Appell bei der Fahnenstange. Die Jungen wussten, dass sie gut daran taten, möglichst schnell der Aufforderung zu folgen. Zuspätkommen wurde sofort mit Essensentzug bestraft.

Nach dem Frühstück, das wie das Abendessen aus einem Löffel Reis und Wasser bestand, ging es bis Einbruch der Dunkelheit zur Arbeit auf die Reisfelder.

„Ich bin so müde, ich kann nicht mehr! Meine Füße schmerzen, und ich habe Hunger, das bisschen Reis füllt meinen Magen nicht." Erschöpft lehnte Mean seinen Kopf an Vaths Schulter und schloss die Augen.

Sie hatten soeben ihre karge Abendmahlzeit gegessen und saßen nun auf einer Bambusmatte.

Vath legte seinen Arm um den Freund.

„Psst, sei leise", flüsterte er. „Du weißt doch, die Angka-Leute mögen keine schwachen Kinder."

„Aber ich will jetzt nicht zum Unterricht, ich will einfach nur schlafen."

„Du weißt ganz genau, dass die Kinder, die den Unterricht versäumen, am nächsten Tag noch länger arbeiten müssen. Dann bekommst du morgen Abend überhaupt kein Essen. Los komm schon!“ Energisch zog Vath den jüngeren Mean am Arm. Er seufzte. Bei der Unterweisung, die jeden Abend stattfand, wurde ihnen tretmühlenartig stets das Gleiche erzählt: über das neue Kambuchea und über Angka, die jetzt die Macht hatte. Danach wurden ihnen die Parolen eingetrichtert:

„Angka ist allmächtig! Angka wird uns befreien!“

„Ihr seid stark. Ihr gehört Angka!“

„Angka! Angka! Angka!“ schrien die Kinder als Antwort und klatschten viermal hintereinander.

Dann endlich durften sie völlig erschöpft in ihre Zelte, wo sie sofort einschliefen, um am nächsten Morgen viel zu früh vom Dröhnen der Blechdeckel wieder geweckt zu werden.

Jeder Tag lief in steter Monotonie gleich ab, Woche für Woche, Monat für Monat. Inzwischen war Vath dankbar, dass sein Vater so harte körperliche Arbeit von ihm gefordert hatte. Das kam ihm jetzt zugute. Er war stark genug für die Arbeit auf den Reisfeldern, aber einige Kinder konnten den Anforderungen der Aufseher nicht genügen.

„Angka liebt keine faulen Kinder. Angka hasst Nachlässigkeit“, wurde ihnen gleich bei den ersten Appellen eingeschärft. Was das bedeutete, merkten die Jungen im Lager sehr schnell. Diejenigen, die das tägliche Soll nicht erfüllten, wurden gezwungen abends länger zu arbeiten, obwohl sie sich oft kaum noch auf den Füßen halten konnten. Dabei verpassten sie dann meistens die Abendmahlzeit und mussten hungrig schlafen gehen. Die schwachen Kinder hielten dieses Leben nicht lange aus. Entsetzt sah

Vath, wie immer wieder Kinder zusammenbrachen und leblos liegenblieben. Aber auch er hatte keine Energie, sich darüber Gedanken zu machen oder sich um sie zu kümmern. Er brauchte seine ganze Kraft, um für sich und seinen Freund Mean zu sorgen. So blickte er stets starr geradeaus und tat schweigend seine Arbeit, damit er die Aufseher nicht verärgerte.

Was wohl mit den Kindern passierte, die dort auf dem Boden lagen? Einmal wagte er, genauer hinzuschauen, und sah entsetzt, wie die Aufseher, die Jungen an den Händen nahmen, sie in einen Graben warfen und Schaufeln Erde auf sie häuften.

An diesem Abend weinte er sich leise in den Schlaf. Die leeren Augen der Toten verfolgten ihn bis in seine Träume.

Unruhig warf er sich hin und her. Er erwachte mit trockenem Mund, sein Kopf dröhnte, und seine Augen schmerzten. Das Heimweh nach seinem Dorf und seiner Familie war übermächtig. Er wollte nach Hause.

„Einmal muss dieses furchtbare Leben doch ein Ende haben. Ich werde diesen Irrsinn überleben“, schwor er sich.

Von diesem Tag an, ließ er sich keine Schwäche mehr anmerken.

Allmählich verlor Vath jegliches Zeitgefühl. Die Reisfelder wurden gewässert, die Setzlinge eingesetzt, der Reis geerntet und in Säcken auf Lastwagen abtransportiert, wohin, dass wusste niemand. Dieser Ablauf wiederholte sich unablässig.

Einmal hörte er, wie einer der Aufseher einem anderen erzählte, dass der Reis, den sie anpflanzten und später ernteten, für die Chinesen sei, die wiederum im Gegenzug

Munition für Angka lieferten. Er verstand nicht, weshalb Angka Munition brauchte, aber das war nur eines von vielen Dingen, die er nicht verstand. Aber er traute sich nicht nachzufragen, denn Angka mochte keine wissbegierigen Kinder. Misstrauische Fragen konnten tödlich enden, auch das hatte er schon mitbekommen.

Jeden Tag dachte Vath voller Sehnsucht an sein früheres Leben im Dorf zurück und an die leckeren Mahlzeiten zu Hause. Für die Kinder im Lager blieb nur wenig Reis für die tägliche wässrige Suppenration übrig, und die Arbeit auf den Reisfeldern war hart und ermüdend.

Nach der zweiten Reisernte dachte Vath, jetzt müsste endlich auch einmal Neujahr kommen. Bestimmt war schon über ein Jahr vorüber, seit sie im Lager waren. Neujahr war immer das größte und schönste Fest im Dorf gewesen. An Neujahr wurden alle Bewohner ein Jahr älter und das Jahr erhielt einen neuen Namen. Das wurde gefeiert.

Vath wusste, dass er im Jahr des Hasen geboren wurde. Die Mutter hatte ihm diese Information eingeschärft, als sie einmal alle, vor Angst bebend, im Erdloch saßen, während über ihnen die amerikanischen Hubschrauber brummten. Als er gefragt hatte, warum denn immer wieder diese lauten Helikopter kamen, vor denen alle so große Angst hatten, hatte sein Vater ihm erklärt, dass in ihrem Nachbarland Vietnam Krieg herrsche und deshalb immer wieder amerikanische Maschinen mit Bomben auch nach Kambodscha flogen. Vath hatte diese Informationen nicht richtig verstanden, er konnte nicht nachvollziehen, warum die fremden Hubschrauber ihr Land angriffen. Aber dass alle Angst hatten und dass es gefährlich war, wenn er das Brummen hörte, das hatte er schnell begriffen.

„Sollten wir irgendwann einmal getrennt werden, weil amerikanische Soldaten das Dorf erobern, dann vergiss nie: Du bist im Jahr des Hasen geboren. Das ist wichtig.“

Ernsthaft hatte Vath genickt.

Nie würde er die Stimme seiner Mutter vergessen. Das Heimweh nach seiner Familie und seinem Dorf überwältigte ihn. Wehmütig dachte er an die erlebnisreichen Festtage mit der Familie zurück. An Neujahr hatten alle zusammen gefeiert. Er hatte stets eine Schüssel der gekochten Mahlzeit zu den Nachbarn gebracht, damit diese auch an dem Festmahl teilhaben konnten. Das ganze Dorf hatte zusammen gefeiert. Die Kinder hatten miteinander Verstecken gespielt und die Erwachsenen aus Bambusstecken Raketen gebaut, die sie in den Himmel schossen. Dabei hatten alle immer so viel gelacht. An Neujahr gab es leckeres Essen. Vaths Magen knurrte schmerzhaft, wenn er daran dachte. Wie gerne würde er sich wenigstens einmal wieder sattessen! Ob Angka auch wusste, dass sie alle so großen Hunger hatten? Er schluckte, der Gedanke an das schmackhafte Neujahrsessen tat so weh. Der Hunger wühlte unbarmherzig in seinen Eingeweiden. Im Lager gab es immer nur eine Tasse Reis mit Wasser, ja in den letzten Monaten wurde der Reis immer weniger, das Wasser mehr. Er ging jeden Tag mit hungrigem Magen ins Bett und wachte mit schmerzendem Bauch auf. Seine Arme und Beine wurden immer schwächer, und seine Finger waren dünn wie Spinnenbeine.

Tränen stiegen ihm in die Augen, und er spürte einen dicken Kloß im Hals, den er tapfer versuchte hinunterzuschlucken. Das Leben war so unsagbar traurig geworden.

Er konnte sich nicht mehr daran erinnern, wann er das letzte Mal gelacht hatte. Hier im Lager gab es nichts zu lachen. Nein, er wollte nicht weinen. Denn Anka mochte keine schwachen, heulenden Kinder, aber offensichtlich auch keine lachenden. Wenn die Angka-Leute sahen, dass er weinte und nicht genug arbeitete, dann setzte es Schläge oder – vielleicht noch schlimmer – Essensentzug.

Stumm und verbissen arbeitete Vath weiter. Er konnte sein Heimweh kaum aushalten. Es war nicht gut, wenn er an zu Hause dachte, das nahm ihm die Kraft zu überleben. Er musste lernen, sich auf das Hier und Jetzt zu konzentrieren. So verbannte er alle Gedanken an die Eltern, Geschwister und das vergangene Leben in die hinterste Ecke seines Gehirns, wo sie nicht so leicht wieder hervorkriechen konnten.

Er hasste dieses Leben, er hatte genug, genug vom vielen Arbeiten und wenigen Essen. Er wollte einfach nicht mehr. Deshalb fasste er einen Entschluss: In einem unbeobachteten Augenblick steckte er sich den Finger in den Mund und würgte und würgte, bis sein Magen die dünne Reissuppe wieder hergab. Jetzt hatte er vielleicht die Chance, einige Tage in der Krankenstation unterzukommen.

Einer der Angka-Aufseher wurde auf ihn aufmerksam und winkte ihn zu sich her. Mit wackligen Beinen ging Vath auf ihn zu. Seine Knie zitterten vor Schwäche und Angst. Angka hasste Betrügereien, und Angka sah alles. Er wusste, wenn er bei einer Täuschung erwischt wurde, dann wurde er hart bestraft. Dann musste er auch noch nachts, wenn alle anderen schliefen, auf den Reisfeldern arbeiten, und ihm wurde die Essensration ganz gestrichen.

Die Ankga-Leute waren grausam, wenn sie Menschen bestraften. An einem der vergangenen Tage hatten die Kinder bei einer Strafaktion zusehen müssen. Ein Mann hatte von einem der Reissäcke, den er auf einen LKW verladen sollte, eine Handvoll für seine Familie abgezweigt. Vath wusste, dass die Familien noch weniger zu essen hatten als die Kinder im Lager. Die Kleinen in den Dörfern hatten dünne Arme und Beine und einen ganz dicken Bauch. Ihre Haut war von Falten überzogen. Sie sahen aus, als wären sie uralt. Er konnte den Mann verstehen, wenn er für seine hungernden Kinder Reis stahl. Offensichtlich hatten ihn die Angka-Leute beim Diebstahl erwischt, eines der schlimmsten Verbrechen, wie es ihnen bei jedem Appell eingetrichtert wurde. Es gab kein Privateigentum. Niemand durfte etwas für sich alleine haben, allen gehört alles, so wollte es Angka. Deshalb wurde Diebstahl aufs härteste bestraft.

Der Mann war mit einem Seil an einen Pflock gebunden worden und musste ein ganzes Reisfeld von Hand umpflügen. Neben ihm stand ein Khmer-Soldat, den er noch nie gesehen hatte, mit seinem Gewehr. Vath schaute ihn genau an. Er war noch sehr jung, viel jünger als er selbst, und er konnte das schwere Gewehr kaum halten. Er hatte ein hartes, stolzes Gesicht und schaute starr geradeaus.

Immer, wenn der Mann einige Meter gepflügt hatte, wurde der Pflock mit dem Seil versetzt, so dass er weiterarbeiten konnte. Wenn er nicht schnell genug vorwärtskam oder vor Erschöpfung zusammenbrach, schlug ihm der junge Khmer-Soldat mit seinem Gewehr auf den Rücken oder gegen die Beine. Vath tat der arme Mann leid, aber er konnte ihm nicht helfen. Er wusste, wenn er nur einen Funken Mitleid zeigte, dann würde der junge Soldat ihn mit seinem Gewehrkolben prügeln.

Nach dem Abendappell gingen die Kinder in ihre Hütte. Inzwischen hatte der Mann auf dem Acker kaum mehr Kraft und kroch nur noch auf allen Vieren mühsam vorwärts. Am nächsten Morgen lag er leblos auf dem Reisfeld. Er wurde von zwei Männern weggetragen.

Vath schüttelte den Kopf. An dieses schreckliche Ereignis wollte er sich nicht mehr erinnern. Wie so vieles andere, was er in den vergangenen Monaten erlebt hatte, versuchte er auch das Bild des toten Bauern zu vergessen.

„Komm her! Was ist los?" Fragend schaute ihn der Aufseher an.

„Ich habe Bauchschmerzen!" Um sein Unwohlsein zu demonstrieren, würgte er und verdrehte die Augen. Ängstlich schaute er den Mann an. Der musterte ihn ausgiebig.

Vath wagte kaum zu atmen. Hoffentlich hatte der Aufseher nicht bemerkt, dass er nur simulierte. Er hatte schreckliche Furcht vor einer Strafaktion. Denn er wusste: Angka wollte ehrliche Kinder. Auch das hörte er jeden Tag beim Appell. Aber er hatte keine Energie mehr. Er wollte sich einfach nur hinlegen und ausruhen.

Er hatte Glück. Der Soldat schien tatsächlich Mitleid mit ihm zu haben. Mit einer Handbewegung wurde er in Richtung Krankenstation geschickt. Ein riesiger Stein fiel ihm vom Herzen. Erleichtert atmete er auf. Keiner hatte seine List bemerkt.

Langsam humpelte er zur Krankenstation, schließlich sollte niemand merken, dass er seine Übelkeit nur vorgetäuscht hatte. Dort wurde ihm eine Matte zugewiesen. Medizin gab es keine, aber er konnte sich ausruhen, endlich einmal ausschlafen und seine „Krankheit“ auskurieren. Für einen Tag war er von der Arbeit auf den Reisfeldern befreit.

Nach seinem Aufenthalt in der Krankenhütte wurde Vath in die Küche abkommandiert. Er atmete auf.

Die Arbeit in der Küche war sehr viel angenehmer als auf den Reisfeldern, und er hatte weniger Hunger. Denn nun konnte er für sich immer wieder einmal eine kleine Handvoll Reis abzweigen und in einem unbeobachteten Moment in den Mund schieben. Allerdings musste er dabei sehr vorsichtig sein. Wenn er entdeckt wurde, setzte es drakonische Strafen. Das Bild von dem leblosen Körper des Mannes auf dem Reisfeld, der beim Klauen erwischt worden war, hatte sich tief in seine Seele eingebrannt.

Angka hatte so viele Augen wie eine Ananas und sah alles, das wurde ihnen immer wieder eingebläut. Und Angka hasste Unehrlichkeit. Doch sein Hunger war zu groß und der bohrende Schmerz in seinem leeren Magen plagte ihn viel zu sehr, als dass er der Versuchung widerstehen konnte.

Er bemühte sich so vorsichtig wie möglich vorzugehen. Immer wieder schaute er sich, um und der Griff in den großen Reissack geschah nur, wenn er ganz sicher war, dass ihn niemand beobachtete. Stets nahm er nur eine kleine Hand von dem trockenen Reis, so dass der Diebstahl niemandem auffiel. Schnell schob er die Köstlichkeit in den Mund, weichte die leckeren Körner dann ausgiebig mit Spucke auf, genoss das unglaubliche Gefühl und versuchte den Geschmack der Reiskörner so lange wie möglich auszukosten, bevor er schließlich das wertvolle Essen hinunterschluckte.

Zu seinem großen Leidwesen sah er nun Mean, der ihm ein guter Freund geworden war, nur noch morgens und abends,

Aber manchmal versteckte er einige Körner im Aufschlag seiner Jacke und brachte sie heimlich Mean. Der konnte sein Glück kaum fassen, und Vath musste ihn mehrmals ermahnen nicht laut aufzuschreien vor Freude, als er ihm den Reis in einem unbeobachteten Moment in den Mund schob.

Manchmal kam ein Trupp Soldaten ins Lager. Wie damals, als sie ihn aus seinem Heimatdorf geholt hatten, stellten sie einen Stock in die Mitte. Jedes Kind musste sich neben die Messlatte stellen, und die größeren Kinder wurden anschließend weggebracht. Aus Gesprächen der Soldaten untereinander hatte er herausgehört, dass diese Kinder in ein anderes Lager kamen, um als Kindersoldaten ausgebildet zu werden. Angka brauchte immer neue Soldaten, um sich gegen die Vietnamesen wehren zu können, erklärten sie.

Vath wollte kein Kindersoldat werden. Er wollte nicht kämpfen, er wollte einfach nur überleben. Hier im Lager hatte er einen Platz in der Küche, hier wusste er, was von ihm erwartet wurde, und er hatte Mean, seinen einzigen Freund. Mit ihm wollte er unbedingt zusammenbleiben. Mean war viel kleiner als er und wurde ganz sicher nicht als Kindersoldat ausgewählt. Deshalb machte Vath sich so klein wie möglich, als er neben dem Messstab stand in der Hoffnung, dass die Angka-Leute seinen Schwindel nicht bemerkten. Ein riesiger Stein fiel ihnen vor Erleichterung vom Herzen, als es klappte und sie weiterhin zusammenbleiben konnten.

Aber die Arbeit in der Küche wurde zunehmend anspruchsvoller. Nicht nur für die Kinder im Lager musste Essen bereitgestellt werden, es kamen auch immer mehr hungrige Soldaten, die versorgt werden mussten. So gab es immer größere und schwerere Wassertöpfe zu tragen.

Obwohl die Anzahl der Menschen, die verköstigt werden mussten, wuchs, wurde der größte Teil des geernteten Reises in Lastwagen abtransportiert. Deshalb musste die Reissuppe immer stärker mit Wasser verdünnt werden. Manchmal fügten sie der dünnen Reissuppe noch Streifen von Bananenblättern hinzu. Dann sah sie ein bisschen aus wie ein Gemüseeintopf, aber schmackhafter und besser wurde sie dadurch nicht. Im Gegenteil, es schien, als würde der Hunger noch ärger in ihren Gedärmen wühlen.

Doch die Soldaten mussten stark sein, damit sie gegen die Vietnamesen kämpfen konnten. Um die Mahlzeiten gehaltvoller zu machen, musste Vath täglich mit bloßen Händen Wurzeln ausgraben. Damit konnte die dünne Reissuppe etwas eingedickt werden. Seine schwachen Finger hatten kaum die Kraft, diese Arbeit zu erledigen. Jeden Abend ging er mit schmerzenden Fingerknöcheln zu Bett.

Eines Tages passierte ihm ein schreckliches Missgeschick. Er musste einen riesigen, schweren Stapel Teller in die Küche tragen, um sie dort zu reinigen. Er spürte, wie ihn die Kraft verließ, das schwere Geschirr drückte auf seine schwachen Arme, seine Muskeln gaben nach, und die Teller fielen ihm aus der Hand. Mit einem lauten Krach knallte das Geschirr auf den Boden und zerbrach in tausend Stücke. Der Schreck fuhr ihm durch alle

Glieder. Vorsichtig schaute er sich um. Niemand war in der Nähe und hatte das Unglück gesehen. Er wusste, dieses Unglück würde von den Angka-Leuten als Arbeitsverweigerung ausgelegt werden. Mit zitternden Händen schob er die Scherben in eine dunkle Ecke. Was sollte er nur machen? Wie sollte er diese Katastrophe verbergen? Der Verlust des Geschirrs würde nicht unentdeckt bleiben. Angka sah alles. Angka hasste Unehrlichkeit und noch mehr hasste Angka jegliche Art von Faulheit.

Tränen liefen ihm über die Wangen. Ihn würde eine furchtbare Strafe erwarten. Er wusste, die Soldaten waren unerbittlich, wenn etwas kaputt ging. Die Angst schnürte ihm die Kehle zu. Viel zu oft hatte er schon miterlebt, wie die Angka-Leute Kinder blutig geschlagen hatten. Andere mussten die ganze Nacht arbeiten, um den Schaden, den sie durch irgendeine Ungeschicklichkeit angerichtet hatten wieder gut zu machen. Er fühlte die Übelkeit, die wie ein Bandwurm in ihm aufstieg, wenn er an die kommenden Stunden dachte. Sein Gehirn lief auf Hochtouren, er musste eine Lösung finden. Plötzlich kam ihm eine Idee. Kindersoldaten seien für Angka wertvoller als Kinderarbeiter auf den Reisfeldern, hatten die Angka-Leute einmal erklärt. Angka brauche mehr Soldaten, um gegen die Vietnamesen zu kämpfen.

Jetzt, nach dem Unglück in der Küche, blieb ihm keine Wahl. Wenn er überleben wollte, musste er diesen bitteren Schritt gehen. Bebend vor Angst ging er zu einem der Obersten der Angka-Leute, entschuldigte sich wortreich dafür, dass er das Geschirr kaputt gemacht hatte, und meldete sich gleichzeitig freiwillig für den Einsatz als Kindersoldat. Obwohl er versuchte, so fest wie möglich zu reden, zitterte seine Stimme, als er erklärte, er wolle Angka als Soldat dienen.

Wie erwartet und erhofft reagierte der Aufseher milde, ja er freute sich sogar, dass sich einer seiner Jungs freiwillig meldete. Der Soldat maß seine Größe und erklärte, er werde ihn am nächsten Tag zum Lager der Kindersoldaten bringen.

„Du kannst stolz sein, dass du dazu gehörst. Angka braucht starke Kinder wie dich. Angka braucht neue Soldaten“, die Stimme des Angka-Mannes überschlug sich fast vor Begeisterung.

Vath nickte mit zusammengepressten Lippen und brachte keinen Ton heraus. Panik erfasste ihn. Was hatte er nur getan? Aber nun gab es kein Zurück mehr. Er packte seine wenigen Habseligkeiten zusammen. Die Angst vor der Zukunft umklammerte sein Herz mit eisernem Griff.

„Du musst stark sein. Denk immer daran: Eines Tages werden wir uns wiedersehen!“ schärfte Vath seinem kleinen Freund ein, als sie sich mit Tränen in den Augen verabschiedeten.

Sie sollten sich nie wiedersehen.

ជីវិត

Mary

Mary warf noch einen letzten Blick zurück auf ihr Auto, das verlassen am Straßenrand stand. Es schien ihr, als wäre es die letzte Erinnerung an ein schönes, unbeschwertes

Leben. Zögernd schob sie ihre Hand in die ihres Vaters und ging mit gesenktem Kopf in der unerbittlichen Schwüle Schritt für Schritt vorwärts. Ihre Füße schmerzten bald, denn die Schuhe, die sie trug, waren nicht für lange Wanderungen gedacht. Hin und wieder machten sie Rast, um sich auszuruhen. Dann gab es für jedes Familienmitglied etwas Reis und Gemüse. Doch obwohl die Mutter die Portionen sorgfältig einteilte, erkannte Mary mit Schrecken, wie rasch ihre Essensvorräte abnahmen.

Endlich ging die Sonne unter und erlöste sie von der schrecklichen Hitze. Die Flüchtlinge begannen sich am Straßenrand niederzulassen. Auch Familie En fand etwas abseits einen Platz bei einer verlassenen Hütte. Sie setzten sich auf eine Bambusmatte, die sie eingepackt hatten, und die Mutter verteilte die Reste des Festmahls der vergangenen Tage. Es reichte nicht, um satt zu werden, und mit hungrigen Mägen legten sie sich auf den Boden, kuschelten sich aneinander und versuchten zu schlafen.

Am nächsten Morgen gab es zum Frühstück für jeden nur noch eine Handvoll Reis, den die Mutter auf dem Feuer weichgekocht hatte. Dann gingen sie in der sengenden Sonne weiter.

„Meine Füße schmerzen, ich kann nicht mehr“, heulte Marong, „und ich habe Durst und Hunger. Ich will nach Hause.“

Auch Mary und Mara fingen an zu jammern.

„Wie lange müssen wir denn noch marschieren? Wann geht es endlich wieder nach Hause?“

Der Schweiß lief ihnen über Rücken und Gesicht, und der Straßenstaub setzte sich auf der Haut und in der Nase ab. Immer wieder mussten sie husten. Tränen liefen ihnen über die Wangen.

Die Eltern schüttelten traurig den Kopf.

„Wir wissen es nicht. Wir müssen weitergehen, bis wir einen Platz finden, an dem wir bleiben können."

Schließlich setzten sie sich erschöpft an den Straßenrand, wo sie unter einem Baum ein wenig Schatten fanden. Jeder bekam noch ein wenig Reis und etwas zu trinken. Doch bald wurden sie wieder von Soldaten aufgescheucht:

„Weiter. Weiter!"

Mühsam erhoben sie sich und setzten langsam einen Fuß vor den anderen. Plötzlich stockte der Zug der Menschenmenge. Fragend schaute Mary ihren Vater an, doch der zuckte nur müde mit den Schultern. Weit vorne konnte Mary einige Zelte erkennen. Soldaten liefen aufgeregt umher. Sie trugen weite schwarze Hosen und schwarze Jacken, hielten Gewehre in der Hand und gaben lautstark Anweisungen.

„Dies ist ein Militärkontrollpunkt. Sie dürfen erst weitergehen, wenn Ihre Namen notiert sind und Sie alle Fragen beantwortet haben. Stellen Sie sich mit Ihrer Familie auf und beantworten Sie alles wahrheitsgemäß, sobald Sie an der Reihe sind. Ab sofort hat Angka das Sagen. Niemals dürfen Sie Angka belügen. Angka sieht alles und verzeiht keine Lügen."

Die Stimmen klangen bedrohlich, und Mary drängte sich ängstlich an ihren Vater.

„Wer ist Angka? Davon habe ich ja noch nie gehört?"

Flüsternd gab der Vater Anweisungen:

„Angka ist die Organisation, die neue Regierung von Kambodscha. Sie hat jetzt das Sagen."

Mary sah mehrere Tische, an denen mit finsteren Gesichtern Khmer Soldaten saßen. Sie bekam schreckliche Angst.

„Wenn Sie für die alte Regierung gearbeitet haben, Soldat oder Politiker waren, kommen Sie an diesen Tisch. Angka braucht Sie!“ brüllte eine donnernde Stimme.

Fragend schaute Mary ihren Vater an. Dieser schaute sich kurz um, dann flüsterte er:

„Ihr lasst mich sprechen und redet jetzt mit niemandem.“

Obwohl er leise sprach, klang Vaters Stimme wie im Befehlston.

„Aber du bist doch...“, weiter kam Mara nicht mit ihrem Satz.

„Schweig! Ich bin Bauer, Mutter ist Bäuerin. Wir kommen vom Land. Ihr dürft auf gar keinen Fall etwas anderes erzählen. Niemals! Habt ihr gehört!“ wiederholte der Vater.

Erschrocken reihten sie sich schweigend ein zwischen unzähligen schwitzenden Menschen, die sich, wie sie alle, seit Tagen nicht mehr gewaschen hatten. Ein unangenehmer Geruch und eine bedrückende Stimmung lagen über der Menschenmenge.

Nur langsam bewegte sich die Reihe vorwärts. Einige Männer ließen sich als ehemalige Regierungsbeamte, Soldaten und Politiker eintragen. Fragend schaute Mary ihren Vater an. Doch der schwieg, presste die Lippen zusammen und reihte sich mit seiner Familie in die Gruppe der Bauern ein.

„Was machen Sie und woher kommen Sie?“ fragte einer der Khmer-Soldaten, als ihre Familie dran war.

„Wir sind Bauern“, murmelte der Vater fast unhörbar und schaute zu Boden. Mutter nickte bekräftigend.

„In Ordnung, Sie können weiter.“

Die Eltern verbeugten sich mehrmals, nahmen ihre Kinder an der Hand und gingen weiter. Mary spürte deren Erleichterung, als sie den Kontrollpunkt verlassen konnten.

Nach einigen Stunden fanden sie einen schattigen Platz etwas abseits vom Straßenrand. Sie legten sich erschöpft auf ihre Matten und schliefen mit hungrigen Mägen ein.

Am nächsten Morgen gab es wieder eine Handvoll Reis zum Frühstück, vermischt mit Pilzen, die der Vater in der Frühe gesucht hatte. Satt wurden sie davon nicht, aber sie hatten wenigstens etwas im Magen.

„Ihr müsst langsam kauen, dann hält der Geschmack länger an“, ermahnte sie die Mutter.

Auch an den folgenden Tagen änderte sich nichts: Sie schleppten sich vorwärts, angetrieben von Khmer-Soldaten, die mit ihren Gewehren am Wegrand standen und Anweisungen gaben.

Plötzlich sah Mary, wie vor ihr eine ältere Frau taumelte und stürzte. Ein Mann versuchte vergeblich, sie aufzurichten, da schlug einer der Roten Khmer ihm mit seinem Gewehr heftig auf den Rücken und bedeutete ihm vorwärtszugehen. Der Frau auf dem Boden gab er einen Tritt und schob sie mit dem Fuß in den Straßengraben. Voller Entsetzen sah Mary, dass dort noch mehr leblose Körper lagen, die teilweise schon anfingen zu verwesen und zu stinken. Schnell zog Vater sie vorwärts und bedeutete ihr, nicht nach rechts oder links, sondern nur auf den Weg zu schauen.

Abends breiteten sie sich wieder auf ihrer Matte aus und schliefen erschöpft mit schmerzenden Füßen und hungrigen Mägen ein.

Nach einigen Tagen erreichten sie endlich ein Dorf, und die Soldaten befahlen ihnen, sich dort beim Bürgermeister zu melden. Mary und Mara schauten sich zögernd um. Die staubigen Hütten duckten sich in der heißen Sonne. Wilde Hunde und gackernde Hühner rannten durch die Gegend. Nirgendwo gab es blühende Blumen, so wie in der Hauptstadt. Umgeben war das Dorf von großen Reisfeldern, auf denen die Mädchen Wasserbüffel und Kühe erkennen konnten. Zwischen den Hütten liefen Kinder, die genauso schmutzig waren wie sie selbst. Doch sie waren zu erschöpft, um sich irgendwelche Gedanken zu machen. Müde setzten sie sich unter einen Baum und warteten.

Mit hängenden Schultern kam der Vater vom Gespräch mit dem Bürgermeister zurück.

„Wir sollen hierbleiben. Doch es gibt keine Unterkunft für uns, wir müssen uns selbst aus Palmen eine Hütte bauen. Ab morgen werden ich auf den Reisfeldern arbeiten müssen."

Mühsam erhob sich die Mutter, und gemeinsam sammelte die Familie Palmblätter und Äste. Obwohl der Vater Architekt war, fiel es ihm schwer, aus diesen einfachen Mitteln eine Unterkunft zu zimmern, doch die Mutter erinnerte sich an die Hütte, in der sie als Kind in ihrem Dorf gewohnt hatte, und zeigte ihnen, wie sie vorgehen mussten. Sorgfältig bauten sie gemeinsam nach den Anweisungen der Mutter einen stabilen Unterschlupf. Nach mühevoller Arbeit hatten sie es geschafft und waren sogar ein wenig stolz, als die Unterkunft am

Abend stand und sie sich unter dem Palmendach gemeinsam schlafen legen konnten.

Jeden Morgen ging der Vater nun zur Arbeit auf die Reisfelder, doch er durfte keinen Reis mit nach Hause nehmen. Das wurde als Diebstahl geahndet und auf das härteste bestraft, denn alles, so wurden ihnen immer wieder eingehämmert, gehörte Angka, und Angka duldete kein Privateigentum. So lebten sie von den Früchten, Pilzen und Kräutern, die sie im Wald fanden, und von der kleinen Schüssel Reis, die die Familie jeden Abend beim Dorfvorstand abholen durfte. Die Mutter begann Gemüse rund um die Hütte anzubauen. Manchmal fingen sie auch einen Fisch im nahegelegenen Teich, das war jedes Mal ein Festmahl.

Im Teich konnten sie sich auch waschen und ihre Kleider reinigen. Toiletten gab es keine, um ihre Notdurft zu verrichten, mussten sie in den Dschungel gehen. Wie sehr sehnten sie sich nach ihrer Wohnung in Phnom Penh mit all den Annehmlichkeiten. Doch bald wurden ihnen klar: Es gab kein Zurück mehr, sie mussten sich mit den Gegebenheiten abfinden.

Aber sie waren zusammen und lebten in dem einfachen Dorf vorerst in Sicherheit, trösteten sich Mary und Mara immer wieder. Sie konnten tagsüber spielen, sich gegenseitig Geschichten erzählen und sich in eine Traumwelt flüchten, in der es, so wie in ihrem früheren Leben, genug zu essen gab. Im Dorf gab es für die Kinder keinen Unterricht, und da sie kein Papier und keine Stifte zur Verfügung hatten, konnte ihnen die Mutter auch keine Schreibaufgabe mehr geben.

Sie lebten zurückgezogen und wurden von den anderen Kindern im Dorf misstrauisch beäugt. Doch auf Kontakte außerhalb der Familie legten sie keinen Wert, viel zu sehr fürchteten sie sich davor, dass irgendjemand ihr Geheimnis entdecken könnte.

„Ihr dürft auf gar keinen Fall über euer früheres Leben in Phnom Penh sprechen", hatte ihnen die Mutter eingeschärft. „Wenn irgendjemand hier erfährt, dass Vater General bei der Armee war, dann werden wir alle sterben."

Mary und Mara hatten furchtbare Angst, sich zu verplappern, und so blieben sie am liebsten unter sich und spielten zusammen mit ihrem Bruder, den sie nicht aus den Augen ließen. Schließlich war er noch klein und verstand nicht alles, was ihm die Eltern erklärten. Die Angst, er könnte sie verraten, ließ sie nicht los.

Der Vater kam stets erst spätabends dreckig und völlig erschöpft nach Hause. Nach einem kargen Abendessen saßen die Eltern meist zusammen und redeten leise miteinander.

Eines Tages kam der Vater noch bedrückter als sonst von der Arbeit zurück. Während Mara und ihr kleiner Bruder schon leise schnarchten, hörte Mary ihre Eltern flüstern. Sie lauschte und versuchte wenigstens einige Wortfetzen zu verstehen. Sie hielt den Atem an, denn was sie zu hören bekam, ließ ihr das Blut in den Adern gefrieren.

„Die Leute, die jetzt das Sagen haben, sind Unmenschen. Sie haben alle, die sich als Regierungsbeamte zur Arbeit gemeldet haben, umgebracht, einfach erschlagen", murmelte der Vater.

Die Mutter unterdrückte einen entsetzten Schrei.

„Aber das ist nicht die einzige schlechte Nachricht. Sie schicken viele Männer in andere Gebiete, dorthin, wo

Arbeiter fehlen. Auch ich werde morgen abkommandiert. Ich komme in ein Lager und muss auf anderen Reisfeldern arbeiten, die weiter weg sind. Ab sofort werde ich nicht mehr jeden Abend nach Hause kommen."

Seine Stimme klang bedrückt und schnitt Mary ins Herz.

„Die Arbeit auf den Feldern ist so schwer, ich bin harte körperliche Arbeit nicht gewohnt. Sie überfordert mich. Wir bekommen nur morgens und abends etwas zu essen. Ich weiß nicht, wie lange ich durchhalten kann."

Die Eltern schwiegen lange.

„Was soll nur aus uns werden?"

Mary erschrak, als sie ihre Mutter weinen hörte.

Am nächsten Morgen verabschiedete sich der Vater, und viele Wochen sahen sie ihn nicht mehr.

Der ständige Hunger zehrte an ihren Kräften. Mary sah, dass ihre Bäuche immer flacher und die Haut immer faltiger wurden. Auch ihre Mutter wurde immer blasser, doch ihr Bauch wurde dicker. Sie bewegte sich nur noch mühsam vorwärts.

„Ich werde zum Bürgermeister gehen, euer Vater muss zurückkommen und bei der Familie sein, wenn das Baby kommt", erklärte sie mit fester Stimme ihren überraschten Kindern.

„Hast du gewusst, dass Mama ein Baby bekommt?", fragte Mara, nachdem die Mutter sich mit energischen Schritten auf den Weg zum Dorfvorsteher gemacht hatte.

Mary schüttelte besorgt den Kopf.

„Nein, ich hatte keine Ahnung. Aber wie soll das gehen? In der Hütte ist es schon jetzt viel zu eng, und das wenige Essen, das wir zur Verfügung haben, reicht nicht mal für uns aus. Wie soll es werden, wenn noch eine

Person da ist? Außerdem gibt es hier keinen Arzt, kein Krankenhaus und keine Hebamme wie in Phnom Penh."

„Sei still! Wir dürfen doch nicht von früher reden", mahnte Mara.

Zur großen Freude der ganzen Familie kam am nächsten Abend der Vater mit müden Schritten in die Hütte. Aber wie sah er aus! Sein Gesicht war bleich und eingefallen, und die Augen lagen in tiefen, dunklen Höhlen. Die Hände waren rissig, hatten blutige Schrammen und zitterten. Kurz strich er seinen Kindern über den Kopf und legte den Arm um seine Frau. Dann fiel er erschöpft auf die Bambusmatte und schlief ein. Am folgenden Tag machte er sich früh auf zur Arbeit. Von nun an kam er zur großen Freude aller jeden Abend zu seiner Familie zurück.

Einige Zeit später war es soweit. Eine ältere Frau aus dem Dorf kam in ihre Hütte und schickte die Kinder hinaus. In ihrer Hütte spielte sich Geheimnisvolles ab. Die Frau war eine Art Hebamme, die schon vielen Frauen bei der Geburt geholfen hatte, hatte der Vater erklärt, trotzdem hatte Mary furchtbare Angst um ihre Mutter.

„Wir müssen uns den Gepflogenheiten hier im Dorf anpassen, damit wir nicht auffallen und aus der Gemeinschaft ausgeschlossen werden, vergesst das nicht", ermahnte der Vater. „Die Hebamme wird eurer Mutter und dem Baby helfen."

Endlich hörten die Kinder, die stundenlang verzagt um die Hütte herumgeschlichen waren, leises Babygeschrei. Aber noch immer durften sie ihre Mutter nicht sehen. Erschrocken sahen sie, wie Dampf aus den Ritzen der Hütte drang. Doch sie erinnerten sich an die Mahnungen ihres Vaters und warteten sorgenvoll, bis sie gerufen wurden.

Endlich, es kam Mary vor, als wäre eine Ewigkeit vergangen, durften sie die Hütte betreten und ihre Mutter und das kleine Geschwisterchen sehen. Ein heißer Dampf schlug ihnen entgegen. Die stickige Luft nahm ihnen fast den Atem. Müde und bleich lag die Mutter auf der Bambusmatte, mit dem wimmernden Baby im Arm. Es sah klein, rot und faltig aus. Mary fand, dass es richtig hässlich war, aber weil es so winzig war, würde es sicher wenig Platz beanspruchen.

Vater durfte weiterhin im Dorf bleiben, aber er musste jeden Tag zur Arbeit auf die Felder und kam abends völlig erschöpft nach Hause. Er aß nur wenig, legte sich sofort auf die Matte und fiel in einen unruhigen Schlaf. Voller Sorgen sah Mary, wie ihr Vater immer bleicher wurde.

Wenige Wochen nach der Geburt musste auch Mutter zur Arbeit gehen. Das Baby trug sie in einem Tuch auf dem Rücken.

Die Kinder waren sich selbst überlassen. Ihre Aufgabe war es, tagsüber nach Essbarem im Dschungel zu suchen, so dass die kärgliche tägliche Reisportion, die ihnen vom Dorfvorstand zugestanden wurde, ergänzt werden konnte. Ohne die zusätzlichen Nahrungsmittel, die sie sammelten, wären sie innerhalb kürzester Zeit verhungert.

Sie lernten schnell, dass sie im Dorf zu den sogenannten alten Menschen gehörten, die nichts zu sagen hatten, nur wenig zu essen erhielten und sich anpassen mussten. Im Gegensatz zu den neuen Menschen, den Bauernfamilien, die angesehen waren, bessere und größere Essensrationen erhielten und deren Lebensbedingungen sehr viel angenehmer waren.

Jeden Tag ermahnte sie die Mutter, freundlich und höflich zu sein, darauf zu achten, nicht aufzufallen und auf gar keinen Fall von ihrem früheren Leben zu erzählen.

Doch, obwohl sie alle Ermahnungen ihrer Mutter beherzigten, stand eines Abends der Bürgermeister mit unbeweglichem Gesicht vor ihrer Hütte.

„Ihr könnt nicht länger hierbleiben. Packt eure Sachen zusammen. Morgen früh müsst ihr das Dorf verlassen. Das ist ein Befehl von Angka."

Schweigend packten sie ihre wenigen Habseligkeiten und machten sich am kommenden Morgen auf den Weg. Es gab niemanden, von dem sie sich verabschieden konnten, sie waren als Fremde gekommen, und genauso zogen sie weiter, bewacht von bewaffneten Soldaten.

Während sie voller Angst vor der Zukunft durch den Dschungel marschierten, schlossen sich ihnen immer mehr Menschen an. Mary erschrak, als sie sah, wie mühsam sich ihr Vater, der sonst immer so viel Kraft gehabt hatte, vorwärtsschleppte.

Längst waren ihre Schuhe verschlissen, und sie mussten barfuß gehen. Bei jedem Schritt stachen ihnen die harten Steine und Zweige auf dem Waldweg in die Füße. Manchmal liefen Mary Tränen übers Gesicht, aber sie hatte schon lange aufgehört zu jammern, wusste sie doch, dass die Soldaten unerbittlich und unberechenbar waren. Menschen, die schwach waren und nicht Schritt halten konnten, schlugen sie unbarmherzig mit ihrem Gewehrkolben auf den Kopf, so dass sie stürzten. Dann wurden sie in den Straßengraben gestoßen, wo sie hilflos liegenblieben.

Sie hatte längst jegliches Zeitgefühl verloren, als die Gruppe endlich anhielt und die Soldaten auf ein Dorf im Dschungel zeigte.

„Hier ist euer neuer Wohnplatz. Meldet euch beim Ortsvorstand!“ lautete die Order.

Als Mary sah, wie sich ihr Vater mit gebeugtem Rücken ins Dorfzentrum aufmachte, während die restliche Familie im Schatten eines Baumes wartete, kamen ihr die Tränen. Sie spürte, dass ihr Vater kaum noch Kraft hatte für dieses Leben, das ihm von den Roten Khmer oder von Angka oder von wem auch immer aufgezwungen wurde. Sie hob den Arm, wollte ihren Vater irgendwie trösten, doch die Worte blieben ihr im Hals stecken. Sie hatte keine Kraft, und es gab nichts, worin sie Trost finden könnte.

Die Mutter wiegte das Baby im Arm, das leise wimmerte. Sie versuchte ihm die Brust zu geben, doch es kamen nur wenige Tropfen. Mary erinnerte sich daran, wie ihr Bruder Marong als Baby schon nach wenigen Wochen rosig und rund ausgesehen hatte. Alle hatten sich über ihn gefreut. Jede Bewegung seiner kleinen Hände und jedes noch so kurze Lächeln hatte fröhliche Begeisterungsstürme bei seinen großen Schwestern ausgelöst. Dieses kleine Baby sah ganz anders aus. Es hatte dünne Ärmchen und Beinchen und ein Gesicht wie ein alter Mann, traurig und voller Falten. Mary hatte es noch nie lächeln sehen. Wenn es überhaupt einen Ton von sich gab, was selten vorkam, dann wimmerte es jämmerlich.

„Wir kommen bei einer Familie unter“, erklärte der Vater nach seiner Rückkehr. „Sie nennen uns die alten Menschen. Wir werden bei einer Familie wohnen, die zu den neuen Menschen gehört. Wir erhalten einen Raum in ihrer Hütte und müssen tun, was sie sagen."

„Warum sind wir alte Menschen?" traute sich Mara zögernd zu fragen. „Wir sind doch nicht alt."

„Ich weiß es nicht, aber es ist so." Vaters Stimme klang müde. „Vor allem ist es wichtig, dass ihr niemandem in diesem Dorf von unserem früheren Leben in Phnom Penh erzählt. Hört ihr, niemals. Sie bringen uns sonst um!"

Mary zuckte zusammen, als hätte sie einen Schlag erhalten.

„Warum wollen sie uns töten? Wir haben doch niemandem etwas getan?" stotterte sie mit leiser Stimme.

„Das ist alles so ungerecht!" schluchzte Mara.

„Ja das ist es." Mutters Antwort klang brüchig. „Aber so sind die Regeln. Wir müssen sie beachten, wenn wir überleben wollen."

Mit müden Schritten schlossen sie sich dem Vater an, der ihnen den Weg zu ihrem neuen Zuhause zeigte.

Die Familie, bei der sie Unterschlupf fanden, war wider Erwarten sehr freundlich, und machte eine Ecke in ihrer Behausung für die Neuankömmlinge frei. Doch sie hatten nun noch weniger Platz in ihrer neuen Unterkunft. Sie durften die Feuerstelle erst benutzen, wenn die neue Familie gekocht und gegessen hatte. Um keinen Anstoß zu erregen, versuchten sie so still und unterwürfig wie möglich ihr Leben zu gestalten. Da sie nur wenig zu essen hatten, waren sie ständig müde, und die Kinder hatten kaum noch Kraft, nicht einmal zum Spielen.

Eines Morgens wachte Mary auf und hörte, wie die Mutter leise weinte. Sie hielt das Baby, das ganz still war, im Arm und wiegte es sanft hin und her. Die Arme und Beine des Kleinen hingen schlaff an seinem Körper herab. Sanft nahm der Vater das Kind aus den Armen der Mutter. Dann gingen die Eltern weg und kamen alleine zurück.

„Euer kleiner Bruder ist gestorben. Wir haben ihn am Dorfrand begraben“, erklärte der Vater mit tonloser Stimme, während der Mutter Tränen über die Wangen liefen.

Mary empfand nur eine große Leere. Sie konnte nicht traurig sein. Was für ein Leben hätte das Baby denn erwartet, fragte sie sich. Sie konnte sich nicht mehr daran erinnern, wie es sich anfühlte zu lachen, zu freuen, satt zu sein.

Das Leben war nur noch traurig, voller Sorgen und Hunger. Vielleicht war es da besser, man war tot. Sie ertappte sich dabei, wie sie das Baby beneidete. Es durfte schlafen, hatte nicht ständig Bauchweh vor Hunger und schmerzende, blutende Füße, weil sie keine Schuhe mehr hatten.

Im neuen Dorf lief das Leben gleich ab wie in den anderen Dörfern. Jeden Morgen, schon vor Sonnenaufgang, gingen die Eltern los zu den Reisfeldern. Die Kinder waren weitestgehend sich selbst überlassen. Mary und Mara versuchten den täglichen Speiseplan zu verbessern, indem sie den Dschungel nach Essbarem durchsuchten und im nahen Teich nach Fischen angelten. Nur so konnten sie bei den kargen Reisrationen, die ihnen täglich zugeteilt wurden, überleben.

Wenn sie zu dritt im Wald unterwegs waren und sich unbeobachtet fühlten, unterhielten sich Mary und Mara über ihr altes Leben und träumten davon, wie schön es einst war.

„Eines Tages werden wir wieder nach Hause kommen und dann wird es wieder so sein wie früher“, redeten sie sich gegenseitig ein und träumten von leckeren Mahlzeiten, schönen Kleidern und ihrem früheren Leben. Selbst der Gedanke, wieder in die Schule gehen zu dürfen, hatte plötzlich etwas Verlockendes. Aus ihren gemeinsamen Gesprächen schöpften sie Hoffnung, diese Erinnerungen schienen ihnen wie ein Sonnenstrahl in ihrem dunklen Dasein. Wie gut, dass wir einander haben, dachte Mary.

„Wir werden nicht aufgeben, bis wir wieder zurück in Phnom Penh sind“, schworen sie sich.

Doch die Zeit verging, und jeder Tag lief nach dem gleichen Schema ab. Es gab keinen Sonn- und keinen Feiertag. Sie wussten nicht, ob es Monate oder Jahre waren, die seit dem letzten Neujahrsfest vergangen waren. Eigentlich, so dachte Mary, müsste längst wieder Neujahr sein, doch niemand dachte daran, zu feiern. Es gab in ihrem trostlosen Leben keinen Grund dazu.

Wenn die Eltern abends nach Hause kamen, waren sie oft sogar zu erschöpft, um zu reden. Der Vater hatte häufig nicht einmal mehr die Kraft zu essen, während der Mutter nun ihre bäuerliche Herkunft zugutekam. Sie hatte in ihrer Kindheit auf den Feldern arbeiten müssen, und ihr Körper konnte daher die Strapazen besser ertragen.

Eines Nachts belauschte Mary unfreiwillig ein bestürzendes Gespräch zwischen den Eltern.

„Ich glaube, ich kann dieses Leben nicht mehr lange ertragen“, hörte sie die flüsternde Stimme ihres Vaters. „Ich werde immer schwächer, und die Anforderungen der Aufseher werden immer härter und sind kaum mehr zu erfüllen. Ich kann einfach nicht mehr. Heute habe ich mit angesehen, wie ein Mann, der vor Schwäche in der Hitze zusammengebrochen war, von einem der Soldaten mit einem Spaten erschlagen wurde."

Mary hörte, wie ihr Vater leise schluchzte. Sie war völlig verstört. Noch nie hatte sie ihren Vater weinen hören. Wie sollte ihr Leben weitergehen, wenn selbst der Vater keine Kraft und keinen Lebensmut mehr hatte?

„Du musst durchhalten, denk an unsere Kinder. Eines Tages wird dieser Wahnsinn ein Ende haben."

Die Worte der Mutter sollten ermutigen, doch auch ihre Stimme klang hilflos und erschöpft.

„Ich kann nicht mehr", waren die letzten Worte, die Mary von ihrem Vater vernahm.

Am nächsten Morgen lag der Vater still auf der Matte, obwohl schon die Sonne aufgegangen war. Mary hörte, wie die Mutter verzweifelt versuchte, ihn zum Aufstehen zu bewegen.

„Du musst arbeiten, sonst holen sie dich ab. Wer von den Khmer-Soldaten abgeholt wird, kommt nie wieder zurück. Bitte steh auf", flehte sie unter Tränen.

Doch der Vater schüttelte nur müde den Kopf.

Still standen die Kinder um die Matte. Mary sah, wie ein Zucken durch den Körper des Vaters ging, dann lag er plötzlich ganz still da. Weinend mussten sie zusehen, wie einige Zeit später vier Männer kamen und den Leichnam des Vaters mitnahmen.

Der Schmerz über den Verlust des Vaters fuhr wie ein scharfes Schwert durch Marys Herz und riss ein letztes Stück Sicherheit aus ihrem Leben, an das sie sich mit aller Kraft geklammert hatte. Gemeinsam mit ihrer Mutter folgte sie den Männern und sah mit steinerner Miene zu, wie ihr Vater in einer Decke außerhalb des Dorfes begraben wurde.

ជីវិត

Vath

Einer der Soldaten begleitete ihn durch den Dschungel in das neue Lager. Noch einmal drehte sich Vath um und winkte. Es zerriss ihn fast, als er den heulenden Mean winken sah, doch er wusste, dies war seine einzige Chance. Mit hängenden Schultern ging er weiter, während ihm sein Begleiter das neue Leben begeistert schilderte:

„Du kannst stolz sein, von nun an für Angka und das neue demokratische Kampuchea kämpfen zu dürfen. Du bist kräftig, Angka braucht Leute wie dich!“

Wie in Trance setzte er einen Fuß vor den anderen, nickte ab und zu, während der Mann neben ihm unaufhörlich Angka und die Armee lobte. Nach etwa einer Stunde Fußmarsch kamen sie im neuen Lager an. Es unterschied sich wenig von demjenigen, in dem er bisher gelebt hatte. Stolz übergab ihn der Soldat an die Lagerleitung. Die meisten Jungen waren größer und älter als Vath, doch er wusste, dass er stark war und dass es für ihn keinen anderen Weg gab, als sich irgendwie durchzubeißen.

Wieder fand er einen Platz und eine Matte in einer großen Bambushütte und verstaute seine wenigen Habseligkeiten. In der Nacht versammelten sich alle um ein großes Feuer. Der Lagerleiter rief seine Parolen in die Menge:

„Angka ist unsere Rettung. Angka wird uns befreien!“

„Angka, Angka, Angka!“ brüllten die Kinder zurück und klatschten in die Hände.

Inzwischen wusste Vath ganz genau, wann er schreien und klatschen musste.

„Ihr seid Kinder von Angka! Ihr seid stark! Ihr seid die Zukunft! Angka liebt euch!“

„Angka! Angka! Angka!“

Tagsüber musste Vath wie bisher arbeiten. Abends, beim Unterricht, ging es nicht um Lesen und Rechnen. Jetzt war nur noch von Angka, vom Krieg und den feindlichen Vietnamesen die Rede:

„Die Vietnamesen wollen das demokratische Kampuchea zerstören. Aber Angka ist stark. Die Khmer-Soldaten sind weniger als die Vietnamesen, aber sie sind stärker und schlauer. Sie töten die Vietnamesen. Wir werden siegen!“

„Angka! Angka! Angka“

Im neuen Lager war das Essen reichhaltiger, denn Soldaten waren wichtig und brauchten Kraft. Vath merkte, wie seine dünnen Arme und Beine kräftiger wurden. Auch sein Bauch tat nicht mehr so oft weh, seitdem mehr Reis in der Wassersuppe enthalten war.

Doch die abendlichen Lektionen wurden immer blutrünstiger. In schrecklichen Einzelheiten beschrieb der Lagerleiter, wie die Khmer-Soldaten die Vietnamesen massakrierten.

„Unsere Soldaten schneiden den Vietnamesen die Eingeweide heraus und schlagen ihnen die Köpfe ab. Sie werden verhindern, dass die Feinde in unser demokratisches Kampuchea einmarschieren! Unsere Soldaten sind stark. Die Vietnamesen sind feige. Sie werden jämmerlich verrecken!“

Die Stimme des Lagerleiters überschlug sich, während er sich immer mehr in Rage schrie. Immer lauter und schneller wurden seine Worte, in denen er Angka und ihre Größe und Stärke rühmte und die Vietnamesen verdammte und ihnen die schlimmsten Todesarten androhte.

„Die Vietnamesen hassen euch, aber Angka wird euch vor ihnen beschützen, wenn ihr für Angka kämpft! Ihr müsst euch auf die Seite Angkas stellen, dann wird euch Angka helfen, auch wenn die Vietnamesen in die Dörfer kommen. Deshalb müsst ihr alle Verräter melden, alle, die sich gegen Angka stellen. Jeden, der etwas gegen Angka sagt, auch wenn es eure Freunde und sogar eure Eltern oder Geschwister sind, müsst ihr melden! Verräter machen uns schwach! Wir dürfen keine Verräter dulden!"

Vath zuckte zusammen wie unter einem Schlag. Er konnte doch nicht seine Freunde und Eltern verraten. Manchmal wusste er nicht mehr, was er von Angka halten sollte. Wenn Angka alles sah, wusste sie dann auch, dass es so wenig zu essen gab und dass so viele Menschen hungerten und starben?

Die blutrünstigen Reden der Aufseher verfolgten ihn bis in den Schlaf. Oft träumte er von den abgeschlagenen Köpfen der Vietnamesen und von aufgeschlitzten Bäuchen. Dann wachte er schweißgebadet auf. Aber er traute sich nicht, irgendjemandem von seinen Albträumen zu erzählen. Schließlich wollte er nicht als Verräter gebrandmarkt werden. Er wusste, in diesem Lager konnte er niemandem mehr trauen.

Hier mussten sie Ziegel aus Lehm herzustellen, um einen Damm zu bauen. Mit Hilfe dieses Bauwerks, so erklärte es der Khmer-Soldat, der ihr Aufseher war, wollte man die Reisfelder besser bewässern, so dass man dreimal im Jahr Reis ernten konnte. Mühsam fertigten sie Tag für Tag die Ziegel, die dann von Lastwagen abgeholt wurden. Es war eine harte Arbeit, oft hatte Vath kaum mehr die Kraft, den schweren Lehm zu tragen. Eines Tages stolperte er und stürzte mit einem großen Ziegel im Arm. Wie erschlagen lag er da, unfähig sich zu bewegen. Er spürte einen stechenden Schmerz im Bein, der schnell zunahm. Dann wurde ihm übel und er musste sich übergeben. Da er nicht mehr aufstehen konnte, blieb er einfach liegen. Die Welt um ihn herum drehte sich immer schneller, und er fühlte sich so elend, dass es ihm einfach egal war, was um ihn herum passierte. Er schloss seine Augen und merkte, wie er langsam in einen gnädigen Schlaf dämmerte.

Irgendwann hörte er Stimmen und realisierte, dass er auf eine Trage gelegt und fortgetragen wurde. Er stöhnte auf, sein Bein tat furchtbar weh. Wieder merkte er, wie er wegdämmerte. Irgendwann, es kam ihm vor, als wären Stunden vergangen, wurde er zu einem großen Haus aus Beton gebracht. In riesigen Sälen lagen Menschen auf Matten, manche stöhnten, viele lagen einfach mit geschlossenen Augen da. Einige hatten dicke, aufgedunsene Bäuche, andere waren abgemagert bis aufs Skelett. Ein ekliger Geruch lag in der Luft, und Vath versuchte, so flach wie möglich zu atmen. Er schrie auf vor Schmerzen, als er von seiner Trage auf eine Matte gelegt wurde.

Nach einiger Zeit kam ein Arzt, der seinen Knöchel hin und her bewegte. Es tat furchtbar weh, und Vath liefen Tränen über die Wangen. Aber er biss seine Lippen zusammen, bis sie bluteten. Keinen Ton gab er von sich. Er wusste, Angka wollte keine wehleidigen Kinder.

Schließlich kam eine Krankenschwester, die einen dicken kalten Brei auf seinen Fuß schmierte und zwei Stöcke an seinem verletzten Bein befestigte, so dass er das Knie nicht mehr beugen konnte. Vath atmete ein wenig auf, jetzt ließen die Schmerzen allmählich nach.

Der Junge probierte, auf seiner Matte eine halbwegs bequeme Lage zu finden und sich möglichst wenig zu bewegen. Er schloss die Augen, versuchte den Lärm und die üblen Gerüche zu ignorieren und döste vor sich hin. Immer wieder wurde sein Schlaf durch das Stöhnen der Kranken unterbrochen.

Plötzlich hörte er eine Stimme: „Songvath, Songvath, was machst du hier?“.

Träumte er oder hatte er tatsächlich die Stimme seines Vaters gehört? Es war lange her, dass ihn jemand mit diesem Namen angesprochen hatte. Er öffnete seine müden Augen. Kaum konnte er glauben, was er sah. Neben seiner Matte kniete tatsächlich sein Vater, bleich, mit eingefallenen Wangen, das Gesicht faltig, die Wangenknochen und seine Nase stachen spitz hervor. Seine Finger waren dünn wie Spinnenbeine. Vater hatte sich in den Jahren, seit denen sie sich nicht mehr gesehen hatten, sehr verändert. Aber ja, es war sein Vater. Glücklich hielt er seine Hand fest.

„Was ist passiert? Wie kommt es, dass wir uns hier treffen?“ Vath konnte sein Glück kaum fassen.

„Dies ist das einzige Krankenhaus in der Gegend“, erzählte der Vater, „ich hatte so schreckliche Bauchschmerzen und war so schwach, dass ich vor zwei Tagen hergebracht wurde.“

Obwohl sie im Krankenhaus dasselbe Essen erhielten wie im Lager, merkte der Junge, wie er durch die Ruhe und weil er nicht arbeiten musste, langsam zu Kräften kam. Bald konnte er sich mit Hilfe einer improvisierten Krücke wieder vorwärtsbewegen.

Er genoss das Zusammensein mit seinem Vater, vergessen waren aller Ärger und auch die Schläge. Das Wiedersehen war einfach nur schön. Weil er und sein Vater ständig Hunger hatten, begannen sie im Umkreis des Krankenhauses in den Büschen nach Heuschrecken, Fröschen und anderem Essbaren zu suchen. Es fühlte sich fast an wie früher im Dorf, als sie gemeinsam unterwegs waren, um zu angeln. Sie hatten sich so eine Menge zu erzählen, und die Zeit verging viel zu schnell. Vath merkte, wie er immer stärkeres Heimweh nach seiner Mutter und seinen Geschwistern bekam. Er spürte, wie sein Herz schwer wurde, wenn er an sie dachte. Wie gerne würde er sie alle wiedersehen!

Eines Morgens, als er sich nach seinem Vater umsehen wollte, merkte er zu seinem großen Entsetzen, dass dieser verschwunden war. Erschrocken fragte er bei einer der wenigen Krankenschwestern nach. Diese zuckte gleichgültig mit den Schultern.

„Er ist wieder gesund und wurde zurück in sein Dorf geschickt."

„Aber er hat sich nicht einmal verabschiedet!" Tränen der Enttäuschung liefen ihm über die Wangen. Wieder zuckte die Frau mit den Schultern und betrachtete dann den Jungen näher.

„Du wirst auch bald ins Lager zurückgeschickt. Dir geht es ja wieder gut."

In dieser Nacht reifte in Vath ein mutiger Entschluss. Er wollte abhauen. Er musste unbedingt seine Familie wiedersehen. Ja, ihm war bewusst, dass die Flucht gefährlich war, aber das war ihm egal. Er musste fliehen bevor er wieder in das Lager zurückgeschickt wurde. Es war eine einmalige Chance, die sich ihm bot und die er unbedingt ergreifen wollte.

Sein Vater hatte ihm mehrmals genau erklärt, wie er das Dorf erreichen konnte. Der Weg ging durch den Dschungel, dort gab es wilde Tiere, auch wusste man nie, ob die Angka-Leute einen nicht töteten, wenn man sie unterwegs traf. Aber die Sehnsucht nach Zuhause und nach seiner Mutter war übermächtig. Eine solche Möglichkeit würde sich vielleicht nie wieder ergeben.

Am nächsten Morgen, noch in der Dämmerung, machte er sich humpelnd auf den Weg. Zunächst waren seine Schritte mühsam, aber dann merkte er, wie er immer besser vorwärtskam. Die Sonne stieg höher und höher und schickte unbarmherzig ihre heißen Strahlen auf den Jungen, der sich mühselig seinen Weg suchte.

Allmählich wurde er müde, und sein verletztes Bein tat schrecklich weh. Seine Kehle war völlig ausgedörrt, und Hunger hatte er auch. Jetzt kamen ihm die ersten Zweifel, ob es wirklich klug gewesen war, aus dem Krankenhaus zu fliehen. Immer anstrengender wurde der Weg, immer größer die Bedenken, ob er sein waghalsiges Unternehmen würde zu Ende führen können. Wie konnte er nur auf so eine dumme Idee kommen? Aber nun gab es kein Zurück mehr. Schließlich fand er einen Bach, an dem er seinen Durst stillen und sein schmerzendes Bein ein wenig kühlen konnte. Dann ging er auf dem Weg weiter, den ihm sein Vater in den letzten Tagen so oft beschrieben hatte. Er spürte, wie seine Kräfte mehr und mehr nachließen, aber er hatte keine Wahl, und so schleppte er sich langsam vorwärts.

Allmählich kam ihm die Umgebung bekannter vor. Schließlich sah er am späten Abend das Dorf von weitem. Er konnte sein Glück kaum fassen. Plötzlich fühlte er, wie er wieder Kraft bekam. Die Freude überwältigte ihn. Voller Spannung näherte er sich seinem Heimatdorf. Tatsächlich, die Hütte seiner Familie stand immer noch an ihrem Platz. So schnell er mit seinem verletzten Bein konnte rannte er dorthin.

Überglücklich wurde er von seiner Mutter und seinen kleinen Schwestern begrüßt. Auch sein Vater kam kurze Zeit später, und sie verbrachten einen wunderschönen Abend zusammen. Sie konnten es kaum fassen, dass sie wieder zusammen waren. So vieles gab es zu erzählen! Immer wieder betrachtete Vath seine Schwestern und seinen kleinen Bruder. Sie waren, seit er sie nicht mehr gesehen hatte, nur wenig gewachsen, ihre Haut sah gelblich aus, und ihre Arme und Beine waren dünn wie Streichhölzer, dafür waren ihre Bäuche ungewöhnlich dick und aufgedunsen. Der Mangel an Nahrung machte sich auch hier bemerkbar. Das Essen, das sie miteinander teilten, war kärglich. Es gab wenig Reis, in Wasser gekocht, und sie gingen alle mit hungrigen Mägen zu Bett. Aber die Tatsache, dass sie nach so langer Zeit beisammen waren, wog alles andere auf. Vath fühlte sich unglaublich glücklich, als er es sich in der Hütte auf seiner Matte bequem machte.

Am folgenden Tag jedoch meldete sich wütend der Dorfvorsteher. Jetzt war alle Freude über das Zusammentreffen vorbei.

„Der Junge bringt mit seiner Flucht seine ganze Familie und sogar das ganze Dorf in Gefahr!“ brüllte der Mann mit hochrotem Gesicht. „Was hat er sich eigentlich dabei gedacht, einfach hier aufzutauchen?“

Wie vom Donner gerührt stand die ganze Familie da und hörte sich die Schimpftirade an.

„Dein Fehlen wurde sicher schon bemerkt. Ich muss das melden, und dann wird die ganze Familie von den Soldaten weggebracht!“

Entsetzt erkannte Vath nun die schrecklichen Folgen seiner Flucht. Er war zu Tode erschrocken. Was hatte er nur getan? Um seine Familie wiederzusehen, hatte er sie alle in Todesgefahr gebracht. Trotz der Hitze lief ihm ein eiskalter Schauer über den Rücken. Das hatte er nicht gewollt! Für dieses Zusammensein mussten sie einen blutigen Preis bezahlen! Vath spürte, wie er am ganzen Körper zitterte. Er wusste nur zu genau, was mit den Menschen passierte, die von den Khmer-Soldaten abgeholt wurden.

Abends war er im Lager anstatt zur Latrine in den Dschungel gegangen, um sich zu erleichtern. Lautes Geschrei machte ihn neugierig. Weil er den Grund des Lärms erkunden wollte, schlich er im Schutz des Gestrüpps weiter. Was er dann sah, ließ ihm das Blut in den Adern gefrieren. Er wollte wegsehen, sich zurückziehen, doch er traute sich nicht zu bewegen, vor Angst, die Khmer-Soldaten, die laut brüllend in der vor ihm liegenden Lichtung standen, könnten ihn entdecken. So versteckte er sich und beobachtete das schreckliche Schauspiel, das sich ihm bot.

Zwei junge Soldaten mit Gewehren im Anschlag, sie waren jünger als Vath, trieben vier Männer vor sich her. Plötzlich stoppte die Gruppe, und die Soldaten forderten die Männer mit drohenden Worten auf, sich auszuziehen.

Zögernd folgten die Gefangenen dem Befehl. Als einer der Männer sich weigerte, erhielt er einen harten Schlag mit einer Bambusstange auf den Kopf. Sofort quoll Blut aus der Wunde. Gemeinsam mussten die Männer eine Grube ausheben und sich dann davor hinknien.

Vath schloss die Augen vor der Grausamkeit, die sich ihm bot. Dann hörte er einen lauten Schlag und einen Schrei, der ihm durch Mark und Bein ging. Er riss die Augen auf und sah, wie die Soldaten den Männern mit einem Spaten auf den Hinterkopf schlugen, so dass sie in die Grube fielen. Anschließend schaufelten sie die Grube zu. Dass einer der Männer in der Grube noch jammerte und um Gnade bat, ließ sie kalt. Lachend machten sich die beiden Khmer-Soldaten auf den Rückweg. Vath zog sich ins Lager zurück. Ihm war übel, und er musste sich übergeben. Zum Glück hatten ihn die Soldaten in seinem Versteck nicht entdeckt.

Nie hatte er jemandem von diesem Erlebnis erzählt, doch die Erinnerung quälte ihn Tag und Nacht. Vaths Gehirn lief auf Hochtouren. Was sollte er nur machen? Wie konnte er sich und seine Familie retten? Schließlich erklärte er dem Dorfvorsteher, er habe nur einen kurzen Besuch bei seiner Familie machen wollen und selbstverständlich gehe er mit dem nächsten Trupp Soldaten mit. Ausführlich berichtete er von seiner Bedeutung als Soldat und dem Leben im Lager. Tatsächlich ließ sich der Dorfvorsteher überzeugen, zeigte Verständnis für die Situation und beruhigte sich.

Am selben Tag musste sich Vath schweren Herzens von seiner Familie verabschieden und sich einer Gruppe vorbeiziehender Soldaten anschließen.

Wieder ging es auf einen langen Marsch durch den Dschungel. Immer mehr Gruppen von Soldaten mit Kindern schlossen sich ihnen an. Zu Vaths Erstaunen nahmen sie einen ihm unbekannten Weg und nach einigen Tagen kamen sie in einem Lager an, das er gar nicht kannte. Doch die Abläufe waren dieselben wie in den anderen Lagern.

Jede Nacht mussten sie sich die aggressiven Propagandareden der Angka-Leute anhören. Die Gräueltaten, die sie den Vietnamesen androhten, wurden immer schrecklicher und verfolgten Vath bis in den Schlaf.

„Die Vietnamesen sind Monster. Sie wollen unser demokratisches Kambuchea zerstören. Sie haben den furchtbarsten aller Tode verdient. Wir stechen sie ab! Sie sollen jämmerlich verbluten!"

Mit lautem Staccato antworteten die Kinder:

„Angka! Angka! Angka!"

Auch in diesem Lager mussten sie viele Stunden lang Lehmziegel formen und bekamen nur wenig zu essen. Doch im Lauf der Zeit änderte sich die Stimmung, sie wurde aggressiver, kämpferischer.

„Ihr seid die Kinder von Angka. Angka braucht euch. Ihr müsst lernen, wie man gegen die Vietnamesen kämpft!"

Nach der Arbeit brachte einer der Angka-Leute eines Abends zu der Versammlung Stöcke mit. Mit diesen mussten die Kinder von nun an üben, wie man zielt und schießt. Trotz ihrer Müdigkeit mussten sie viele Male rennen, sich auf Kommando auf den Boden werfen, mit ihren Stöcken zielen und dann aufstehen und wieder rennen, so lange, bis Vath dachte, er habe nun keine Kraft mehr. Aber er traute sich nicht, liegenzubleiben, den er wusste, dafür hätte Angka kein Verständnis.

Die Soldaten nahmen alte, kaputte Jacken und Hosen, stopften sie mit Laub und Stroh aus und hängten sie an Bäume. Als Köpfe wurden rote Tücher verwendet. Die Kinder mussten mit ihren Stöcken auf die Figuren zurennen und mit aller Kraft auf die ausgestopften Beine, Arme, Bäuche losschlagen.

„Denkt immer daran. Das sind Vietnamesen. Das sind Feinde! Ihr müsst sie totschlagen!"

„Angka! Angka! Angka", brüllend rannten die Kinder los.

In dieser Nacht hatte Vath wieder einmal furchtbare Alpträume. Schreiend wachte er auf.

Am folgenden Tag kamen die Angka-Leute mit einem Haufen Gewehre.

„Gewehre sind wertvoll, und Munition ist teuer. Wir haben nicht sehr viel davon. Aber ihr müsst üben damit umzugehen. Es ist leicht zu lernen, wie man schießt. Ihr müsst euch gegen die Vietnamesen wehren, wenn sie kommen."

Stolz hob der Soldat ein Gewehr auf und zeigte es in die Runde. Vath betrachtete dessen harte Gesichtszüge und die schmalen Augen. Er hatte diesen Khmer-Soldaten noch nie gesehen. Er war noch ein Kind, deutlich jünger als er selbst. Das schwere Gewehr konnte er kaum halten. Ob dieser neue Aufseher ein freundlicher oder ein böser Aufseher war? Immer wieder wurden die Angka-Leute ausgetauscht, die alten verschwanden, und neue, jüngere Khmer-Soldaten führten das Kommando. Das Gewehr verlieh diesem Jungen Macht. Vath spürte, wie seine Knie zitterten, aber er ließ sich seine Angst nicht anmerken. Er wusste, Angka wollte, dass sie mutig waren. Angka mochte keine schwachen Kinder.

Dann drückte der Soldat ab, und die Gewehrkugel schlug in einen Baumstamm über den Köpfen der Kinder ein. Alle schrien auf. Vath merkte, wie er innerlich bebte. Er ballte die Hände zu Fäusten, damit niemand sein Zittern merkte, er wollte kein Verräter sein.

Der Aufseher drückte Vath nun ein Gewehr in die Hand. Am liebsten hätte er den Kopf geschüttelt und die Hände auf den Rücken verschränkt, aber er wusste, Kindersoldaten die „Nein“ sagten verschwanden für immer von der Bildfläche.

Zögernd nahm er die Waffe und spürte, wie ihm das Gewehr Macht gab; jetzt war er stark, jetzt konnte er sogar töten, wenn er wollte. Schlagartig wurde ihm klar, dies war ein Test, wie er mit dieser Macht über Leben und Tod umgehen würde. Es würde sein weiteres Leben bestimmen.

„Wie du mit dem Gewehr umgehst, musst du ausprobieren. Du kannst jetzt üben, wie man schießt.“ Der junge Aufseher ging weg und ließ den ratlosen Vath stehen. Dieser nahm sein Gewehr fest in die Hand, es war schwer und unhandlich. Dann zog er sich ein Stück in den Dschungel zurück und suchte einen Platz, an dem er ganz alleine war. Dort versuchte er zu zielen, so wie er es bei den anderen Soldaten gesehen hatte. Immer wieder nahm er Äste und Bäume ins Visier. Schließlich nahm er seinen ganzen Mut zusammen und drückte ab. Der Rückschlag schlug ihm heftig gegen die Schulter und nahm ihm fast den Atem. Der laute Knall dröhnte in den Ohren. Hinterher konnte er einige Minuten lang nichts mehr hören. Aber er hatte es geschafft, und das war ein gutes Gefühl.

Bei der anschließenden Versammlung schrie er lauter als sonst: „Angka! Angka!"

Auch andere Jungen im Lager hatten inzwischen Gewehre, und an den folgenden Abenden übten sie damit zu rennen und sich immer wieder auf Kommando auf den Boden zu werfen, so wie sie es bisher mit den Stöcken gemacht hatten. Vath hasste diese Übungsstunden. Die Gewehre waren viel schwerer als die Stöcke, und es war schwierig mit ihnen zu rennen. Oft spürte er seine Beine und seine Arme kaum mehr. Aber er wusste, dass er nicht schwach werden durfte.

„Munition ist teuer. Wir haben nicht viel Munition, und wir dürfen sie nicht verschwenden", erklärten die Khmer-Soldaten. „Ihr dürft nur schießen, wenn die Vietnamesen kommen."

Vath hatte den Eindruck, dass sich das Verhalten der Angka-Leute änderte, sie schienen nervöser zu werden. Bei den Versammlungen redeten sie jetzt häufig von Pol Pot, dem Bruder Nummer 1, und weniger von Angka. Plötzlich schien Angka gar nicht mehr so wichtig zu sein, und der ominöse Bruder Nummer 1 hatte offensichtlich die Organisation ersetzt. Das Wort „Krieg" machte jetzt offiziell die Runde.

Wieder mussten sie sich eines Tages aufmachen auf einen langen Marsch durch den Dschungel. Damit sie besser gehen konnten und sich nicht ständig Verletzungen an den Füßen zuzogen, die sich dann entzündeten, zeigten Ihnen die Soldaten, wie sie Sandalen aus Autoreifen herstellen konnten. Überreste von kaputten Autoreifen lagen überall am Wegrand und waren ein passendes, kostenloses Material für Schuhe. Noch nie in seinem Leben hatte Vath vorher Schuhe getragen. Die Sandalen, die sie nun an den Füßen hatten, waren zwar nicht sehr bequem, aber sie schützten die Füße vor Verletzungen.

Doch der jahrelange Hunger und die harte Arbeit forderten ihren Tribut. Viele Kinder waren nicht stark genug für die entbehrungsreiche Wanderung und blieben unterwegs entkräftet liegen. Auch Vath fühlte sich oft unglaublich müde und schleppte sich nur mühsam vorwärts. Aber er biss die Zähne zusammen. Mit Entsetzen hatte er gesehen, dass die Kinder, die nicht mehr konnten, einfach neben dem Weg in einen Graben geworfen wurden. Niemand kümmerte sich um sie. Ein so furchtbares Schicksal wollte er nicht erleiden, deshalb nahm er alle Kraft zusammen. Stoisch setzte er einen Fuß vor den anderen und dachte dankbar an seinen Vater, dessen harte Erziehung ihn stark gemacht hatte.

Nach einem mehrtägigen Marsch kamen sie an einen Platz, an dem viele große Lastwagen standen. „Schnell! Schnell!" trieben sie die Soldaten an und forderten sie auf, auf die Ladeflächen zu klettern. Dicht gedrängt saßen sie mit angezogenen Knien da und hatten kaum Platz, sich zu regen. Bald fuhren die Fahrzeuge los. Immer mehr Lastwagen schlossen sich dem Konvoi an. Wohin sie wohl gebracht wurden? Niemand hatte ihnen das Ziel ihrer Fahrt erklärt. Vath versuchte, es sich so bequem wie möglich zu machen, doch er spürte jeden Stein und jede Wurzel auf der harten Ladefläche. Zum Glück dauerte die Fahrt nur wenige Stunden. Nacheinander hielten die Fahrzeuge an, und die Kinder durften ihre unbequemen Plätze verlassen.

Staunend realisierte Vath, dass sie am Wasser standen. Sie waren bis zum Meer gefahren. Er wunderte sich über die weite, glitzernde Wasserfläche, die sich vor ihm ausbreitete. So etwas hatte er noch nie gesehen! Doch es blieb ihm keine Zeit, sich über das Schauspiel, das sich ihm bot, Gedanken zu machen. Im Wasser standen Boote bereit, auf die die Kinder schnell verfrachtet wurden.

Das Schaukeln auf den kleinen Schiffen war ungewohnt und noch unangenehmer als die Fahrt auf dem Lastwagen. Vath schluckte. Er merkte, wie ihm übel wurde. Auf gar keinen Fall wollte er die wertvolle Reismahlzeit, die sie unterwegs bekommen hatten, von sich geben. Doch zum Glück dauerte die Überfahrt nicht lange. Bald kamen sie auf einer Insel an. Er hörte, wie ein Soldat dem anderen befriedigt erklärte:

„Jetzt können sie uns nicht mehr entwischen. Von der Insel kann keiner mehr abhauen."

Er zuckte zusammen und spürte, wie er Panik bekam. Waren sie jetzt hier gefangen? Dann versuchte er, seine Angst hinunterzuschlucken, und eine stoische Gelassenheit machte sich breit. Er wusste, er musste sich, wie so oft in den vergangenen Jahren, mit dieser neuen Umgebung arrangieren, denn er hatte keine andere Wahl, wenn er überleben wollte

Wieder wurde ein Lager aufgeschlagen. Doch dieses Mal schliefen sie in provisorischen Zelten, Stoffbahnen, die über ein Gestell aus Holzstämmen geworfen wurden. Jeden Tag gab es zweimal den gewohnten Appell, der immer aggressivere Züge annahm. Mit sich überschlagender Stimme beschimpften die Anführer die Vietnamesen und verstiegen sich in immer schrecklicheren Drohungen.

Auf der Insel gab es keine Arbeit mehr für die Kinder. Jetzt wurden sie nur noch im Kampf ausgebildet, sie sollten lernen, sich und ihr Land gegen den vietnamesischen Feind zu verteidigen, dessen Angriff offensichtlich erwartet wurde. Manchmal wünschte er sich, dass die Vietnamesen endlich kämen und dem Elend und dem Hunger ein Ende bereiteten. Aber das dachte er nur. Er wusste, solche Gedanken auszusprechen, war lebensgefährlich, denn Angka duldete keinen Widerspruch. Es war tödlich, sich gegen Angka zu wehren.

„Es gibt wenig Munition, ihr müsst lernen, wie ihr euch gegen die Vietnamesen wehrt, wenn eure Gewehre nicht mehr funktionieren. Ihr müsst lernen, euch auf alle möglichen Arten zu verteidigen. Pol Pot ist allmächtig. Ihr müsst für ihn gegen die Vietnamesen kämpfen."

Sie lernten, wie sie mit Stöcken und mit Gewehrkolben den Gegner treffen und verletzen konnten. Tagelang mussten sie aufeinander losrennen, sich gegenseitig angreifen und verteidigen. Sie übten den Kampf Mann gegen Mann. Vath lernte, wie er mit bloßen Händen geschickt einen Angriff mit dem Stock abwehren konnte. Doch oft genug war er nicht schnell genug, und es traf ihn ein harter Schlag seines Gegenübers. Häufig ging er abends mit blutigen Händen und blauen Armen in sein Zelt. Die Schläge der anderen taten weh, doch weinen durfte er immer nur heimlich nachts auf seiner Matte. Pol Pot wollte keine weinenden Kinder. Er erwartete, dass die Kindersoldaten kämpften bis aufs Blut.

Immer aggressiver wurde die Stimmung im Lager. Es gab keine Freunde mehr, nur noch Gegner. Aber er lernte, sich besser zu verteidigen, so dass seine Verletzungen allmählich seltener wurden. Nach einigen Wochen hatte er sich an das neue Lager gewöhnt.

Angst griff um sich, Angst, der Feind könnte bald auch auf die Insel kommen und sie einnehmen. Die Schauergeschichten, die sie über die feindlichen Vietnamesen zu hören bekamen, ließen ihnen das Blut in den Adern gefrieren.

„Die Vietnamesen sind Monster, sie werden euch umbringen. Sie töten Erwachsene und Kinder, besonders die Schwachen!"

Nun gab es nur noch ein Ziel: Sich gegen den Feind zu verteidigen. Die Soldaten zeigten ihnen, wie sie Fallen konstruieren konnten, um die Vietnamesen zu fangen. Dicke Stöcke wurden angespitzt und ein Brei aus giftigen Pflanzen gekocht, in den die Stockspitzen getaucht wurden. Rund um die kleine Insel mussten die Kinder nun Erdlöcher graben und mit den giftigen Stöcken bestücken. Ob diese Fallen die Vietnamesen abhalten konnten? Vath bezweifelte es, aber er wagte seine Bedenken nicht laut zu äußern. Pol Pot, der Bruder Nr. 1, liebte keine Leute die „Nein" sagten. Bei ihm galt nur „Ja". Leute die „Nein" sagten verschwanden und kamen nie wieder zurück. Das hatte er in den vergangenen Jahren gelernt.

Mit bloßen Händen bauten sie einen tiefen Graben rund um ihr Lager. Jede Nacht wurden Nachtwachen eingeteilt, die mit ihren Gewehren stundenlang in diesen Vertiefungen stehen mussten und in die dunkle Nacht lauschten, um zu erkunden, ob der Feind im Anmarsch war. Vath hasste diese Nachtwachen. Es war beängstigend, im Graben zu stehen und auf die unheimlichen Geräusche der Nacht zu hören. Woran sollte er erkennen, dass der Feind vor ihrem Lager stand? Manchmal, wenn es geregnet hatte, standen sie knietief im Wasser, zitternd vor Angst.

„Wach auf, du bist dran mit Wache schieben", ein Junge schubste Vath unsanft. Der schüttelte den Schlaf ab und versuchte aus seinen Albträumen, in denen immer wieder der Feind in Person von massakrierenden Vietnamesen auftauchte, den Weg in eine Wirklichkeit zurückzufinden, die nicht viel besser war als seine Angstträume.

Er nahm das ihm angebotene Gewehr und machte sich mit einem zweiten Jungen auf zur Nachtwache. Von der Seite schaute er seinen Kollegen an. Er wusste nicht einmal seinen Namen. Es war besser, wenn man im Lager keine Freunde hatte, denn hier wusste man nie, ob man seinem Gegenüber vertrauen konnte.

Vath hielt das schwere Gewehr fest in der Hand und stellte sich in den Graben, einige Meter weiter stand der andere Junge. Beide starrten sie in die bedrohliche Nacht. Nächtliches Grauen schnürte ihm den Atem ab wie mit einer eisernen Hand.

Plötzlich hörte er ein ihm unbekanntes Geräusch. Es war anders als die Töne, die er sonst kannte. Sein Herz raste, und die Hände, die sich um den Gewehrlauf klammerten, zitterten. Er wagte kaum zu atmen. Was sollte er tun? Was wenn nun die Vietnamesen kamen? Er kniff die Augen zusammen. Bäume schüttelten sich im Wind. Ihre Äste schienen nach ihm zu greifen. Nebelschwaden stiegen aus dem Meer auf. In seinen Ohren rauschte es. Wenn er überleben wollte, musste er reagieren.

„Ich bringe sie um!" schrie er und schoss mit seinem Gewehr in die Nacht. Der Rückstoß schlug schmerzhaft gegen seine Brust. Der Knall des Gewehres dröhnte in seinen Ohren. Seine Hände zitterten so sehr, dass er das Gewehr kaum mehr halten konnte. Angstschweiß brach ihm aus allen Poren. Für einen Augenblick war alles still. Dann ging ein Tumult los. Von dem Lärm waren alle aufgewacht und rannten durcheinander. Nur Vath stand wie gelähmt da, unfähig sich zu bewegen.

Plötzlich stand der Aufseher neben Vath und schlug ihm mit harter Hand ins Gesicht.

„Ihr sollt auf die Feinde schießen nicht auf Gespenster! Dafür haben wir keine Munition!“

Wie aus einem bösen Traum erwachend kam Vath wieder zu sich und griff nach seiner schmerzenden Wange. Die anderen Kinder wurden wieder in ihre Hütten geschickt. Beschämt ging er zurück an seinen Platz. Woran hätte er erkennen können, wie sich die feindlichen Vietnamesen anhörten?

In der zweiten Hälfte der Nachtwache verhielt er sich ganz ruhig. Voller Angst lauschte er in die Nacht. Was sollte er nur tun, wenn die Vietnamesen tatsächlich kamen? Er versuchte, alle beklemmenden Geräusche auszublenden. Er hasste Pol Pot, der ihn in diese furchtbare Lage gebracht hatte. Aber das konnte er niemandem sagen.

Dann kam der Tag, an dem sich die Kinder wie gewohnt zum Appell aufstellten, um auf die üblichen aggressiven Parolen zu warten. Doch die Angka-Leute verspäteten sich, und die gewohnten lauten Aufforderungen blieben aus. Verwirrt schaute sich Vath um. Eine bedrückende Atmosphäre lag über dem Lager.

„Die Vietnamesen haben unser Land eingenommen. Der Krieg ist aus. Ihr könnt gehen. Hier braucht euch niemand mehr“, die Stimme des Soldaten klang plötzlich ganz anders als in den vergangenen Wochen, resigniert und ratlos.

Reglos hörte Vath die unbegreiflichen Worte. Er verstand überhaupt nicht, was er soeben gehört hatte. Die Vietnamesen, das waren doch die schwachen Feinde, die, die von den Khmer-Soldaten besiegt wurden. Jetzt sollten die bösen Feinde plötzlich das demokratische Kambodscha besetzt haben? Er begriff überhaupt nichts mehr. Um sich herum sah er nur ratlose Gesichter. Was sollten sie tun? Auf diese Situation hatte sie niemand vorbereitet. Wochenlang hatte es nur ein Ziel gegeben, das ihr Denken und Handeln bestimmte: Der Kampf gegen den Feind und der Sieg über die Vietnamesen. Am Tag hatten sie trainiert, und in der Nacht hatten Albträume, in denen vietnamesische Soldaten wüteten, ihn schweißgebadet aufwachen lassen. Die Angst, an der Front kämpfen zu müssen und in diesem Kampf sein Leben zu verlieren, hatte sein ganzes Dasein bestimmt. Und nun sollte alles vorbei sein? Kein Kampf, keine Stockübungen, bei denen er sich immer wieder verletzt hatte, keine Appelle mehr und niemand, der ihm sagte wohin er gehen sollte?

An Stelle der morgendlichen Reisration erhielt an diesem Tag jedes Kind einen Aluminiumtopf, ein Säckchen Reis, eine Decke und ein Gewehr. Mit den gleichen Booten, mit denen sie vor einigen Wochen auf die Insel gekommen waren, wurden die Kinder nun wieder zum Festland gebracht.

Vath stieg aus, setzte sich auf einen Stein und beobachtete, wie die anderen Kinder ziellos durcheinanderliefen und sich schließlich zerstreuten. Freunde hatte er keine, er wollte sich keinem von ihnen anschließen. Was sollte er tun? Jetzt gab es keine Befehle mehr, die er befolgen musste. Plötzlich war niemand mehr da, der ihm sagte, was er zu tun hatte. Nun war er mit einem Mal auf sich selbst gestellt.

Die Dämmerung war bereits hereingebrochen. Mutlos breitete er seine Decke aus und versuchte zu schlafen.

ជីវិត

Mary

Mary vermisste ihren Vater unglaublich und weinte jeden Tag heimlich mit ihren Geschwistern um ihn. Ihre Mutter, die mit versteinertem Gesicht jeden Morgen zur Arbeit auf das Reisfeld ging und erst abends völlig erschöpft nach Hause kam, wollten sie mit ihrer Trauer nicht noch mehr belasten, und so fühlten sie sich einfach nur allein und verlassen.

Einen Monat nach dem Tod des Vaters betrachtete Mary besorgt die dünnen Arme ihrer Schwester, die bleich und müde vor der Hütte kauerte und Marong zusah, der kleine Hügel aus Steinchen baute. Ihre Arme waren von dicken Beulen übersät, und ihr Bauch wölbte sich über den dünnen Beinen. Vorsichtig strich Mary über Maras Ödeme, doch die reagierte nicht.

„Was ist das? Seit wann hast du diese Beulen?"

Mara zuckte apathisch mit den Schultern.

„Los, wir gehen in den Wald und suchen Tamarinden, das magst du doch", versuchte Mary ihre Schwester zu motivieren, doch diese hob nicht einmal den Kopf. Schon seit Tagen war sie immer teilnahmsloser geworden, nichts schien sie aus ihrer Lethargie holen zu können.

Mary griff nach dem Arm ihrer Schwester und versuchte sie mit sich zu ziehen, vergeblich. Auch ihre wütende Aufforderung, sich endlich mit auf den Weg zu machen, damit sie abends, wenn die Mutter nach Hause kam, etwas Essbares hatten, half nicht. Mara war nicht von der Stelle zu bewegen. Schließlich nahm Mary seufzend Marong an der Hand und machte sich mit ihm auf die Suche nach Früchten und Pilzen in der Hoffnung, dass sie etwas Brauchbares zum Essen finden würden und die Familie auf diese Weise wenigstens ein klein wenig satt werden könnte.

Als Mary und Marong zur Hütte zurückkamen, trugen sie stolz einige Tamarindenfrüchte mit sich. Vielleicht würden sie zusammen mit dem Reis eine schmackhafte Mahlzeit ergeben. Mary sah, dass Mara noch genauso dasaß, wie sie sie verlassen hatten. Als sie näherkam, fuhr ihr der Schreck in alle Glieder. Mara lehnte bleich an der Wand der Hütte, ihre Augen starrten geradeaus, und ihre Arme hingen schlaff herunter. Sie sah genauso aus wie Vater, bevor ihn die Männer tot weggebracht hatten. Wider besseres Wissen schrie Mary ihre Schwester an und schüttelte sie:

„Steh auf! Du darfst mich nicht alleine lassen, hörst du!“

Dann ließ sie Mara entsetzt los, setzte sich auf den Boden, nahm ihren Bruder in den Arm und weinte bitterlich.

„Wir werden immer zusammenbleiben“, hatten sie sich geschworen. Nun hatte sie die Schwester ohne ein Wort des Abschieds einfach verlassen.

Am Abend kamen Männer und trugen Mara zum Dorfrand, wo sie, wie der Vater vor einigen Wochen, unter dem leeren Blick der Mutter und den Tränen der Geschwister in einer Decke vergraben wurde.

Mary schaute zu und fühlte sich unglaublich einsam. Die ganze Nacht konnte sie nicht aufhören zu weinen. In ihr war alles leer. Wie sollte sie ohne den Vater und die Schwester weiterleben? Am nächsten Morgen hatte sie keine Tränen mehr, und es fehlten ihr die Worte, ihren Verlust auszudrücken. Die Mutter saß mit Marong im Arm apathisch in der Hütte, sie hatte keine Kraft, sich zur Arbeit aufzuraffen.

Einige Tage später forderte sie der Bürgermeister auf, das Dorf zu verlassen.

„Es gibt hier nicht genug zu essen für euch. Der Reis, den uns Angka zuteilt, reicht nur noch für die neuen Leute. Ihr müsst gehen."

Sie verabschiedeten sich von der Familie, bei der sie für einige Monate Unterschlupf gefunden hatten und die trotz der widrigen Umstände freundlich zu ihnen gewesen war. Dann machten sie sich zu dritt auf den Weg, müde, traurig und einsam.

Zunächst marschierten sie unter den strengen Augen von bewaffneten Khmer-Soldaten wie gewohnt los. Wieder schlossen sich ihnen immer mehr Leute an, und so war wie so oft in den vergangenen Monaten eine große, trostlose Menschenmenge auf dem Weg durch den Dschungel.

Plötzlich sah Mary einen großen See vor sich. Sie erinnerte sich an den Geographieunterricht in der Schule und kramte in ihren wenigen Kenntnissen, die ihr aus dem Unterricht geblieben waren. Dies musste der Tonle Sap sein, der See, der über die Flüsse Tonle Sap und Sangke die Hauptstadt Phnom Penh mit der zweitgrößten Stadt des Landes Battambang verband. Einmal im Jahr fand hier das Wasserfest statt, hatte ihr Lehrer erzählt. Mara und Mary hatten ihren Eltern mit ihrem Wunsch, einmal zum Wasserfest fahren zu dürfen, immer in den Ohren gelegen, doch dazu war es nie gekommen.

Jetzt schaute Mary traurig auf die Wasseroberfläche, wo sich die Sonne im See spiegelte. Oft hatten sie sich ausgemalt, wie es sein würde, wenn sie gemeinsam hier am Ufer stehen würden und feiern. Nun war sie an dem Ort, von dem sie so oft geträumt hatten, doch ohne den Vater und die Schwester. Sie schaute an sich herunter. Ihre Kleidung war schmutzig und fleckig, weil es kaum Möglichkeiten gab, sie zu waschen. Ihre langen Haare, auf die sie immer so stolz gewesen war, hatte die Mutter abgeschoren, damit sich bei den schlechten hygienischen Verhältnissen keine Tiere einnisten konnten. Die Haut an ihren Händen war faltig und schlaff und wie ihr Gesicht aussah, wollte sie gar nicht wissen. Wenn sie ihren Bruder ansah mit seinen eingefallenen Wangen und den dunklen Augenhöhlen, konnte sie sich eine Vorstellung davon machen.

Die Menschen wurden auf ein großes Schiff verfrachtet. Die Soldaten trieben immer mehr Leute auf das Boot. Eingepfercht saßen sie, Mary, ihr Bruder und die Mutter, in einer Ecke. Müde lehnte Mary ihren Kopf gegen die Schiffswand. Es gab keinen Platz, die Füße auszustrecken, und noch immer schickten die Soldaten Menschen auf das Schiff. Schließlich setzte es sich schaukelnd in Bewegung.

Hoffentlich geht das völlig überladene Wasserfahrzeug nicht unter, dachte Mary für einen Moment. Dann stahl sich eine erschreckende Überlegung in ihre Gedanken. Vielleicht wären dann alles Leid und alle Not mit einem Schlag vorbei! Eine verlockende Idee! Nein, schalt sich Mary. So wollte sie nicht denken. Sie wollte leben, zusammen mit ihrer Mutter und ihrem Bruder. Wenn es ihrem Vater und ihrer Schwester verwehrt war, so wollten wenigstens sie, die drei übriggebliebenen Familienmitglieder gemeinsam weiterleben. Sie würden nicht aufgeben. Das waren sie dem Vater und der Schwester schuldig. Denn einmal würde dieser Wahnsinn ein Ende haben, hatte der Vater auf der Flucht immer wieder versprochen.

Sie nahm die Hand ihrer Mutter und ihres Bruders, drückte sie kräftig und versuchte so etwas wie ein ermutigendes Lächeln, auch wenn ihr dies unglaublich schwerfiel. Dann spürte sie, wie ihre Mutter sie dankbar anschaute und „danke“ flüsterte.

Plötzlich stoppte das Schiff mit einem Ruck. Sie waren am Ufer und wurden von den Soldaten rüde aufgefordert, ihren Platz zu verlassen. Wieder mussten sie einen langen Marsch auf sich nehmen, bis sie schließlich am Ziel waren.

Nun waren sie nicht, wie erwartet, in einem Dorf, sondern in einem Lager angekommen. Aus Ästen, Zweigen, Blättern und ihren mitgebrachten Decken konstruierten sie eine Unterkunft.

In dem neuen Lager mussten auch die Kinder auf den Feldern arbeiten. Sie mussten hinter den Erntearbeitern hergehen und die restlichen Reiskörner auflesen die noch auf dem Boden lagen. Essen durften sie von diesem Reis nichts. Das war bei schwerster Strafe verboten. Doch manchmal steckte sich Mary trotzdem ein bisschen in den Mund, nachdem sie sich vergewissert hatte, dass sie niemand beobachtete, denn der Hunger war stärker als die Angst.

Jetzt hatten sie keine Möglichkeit und keine Zeit mehr, Nahrung im umliegenden Wald zu suchen. Sie mussten von den kargen Reisportionen leben, die sie täglich an einer Ausgabestation abholen konnten. Wenn die Frau, die das Essen ausgab, ein Einsehen hatte und ihren Schöpflöffel tiefer in den Topf tauchte, hatten sie etwas mehr Reis in ihrem Blechnapf. Aber manchmal erhielten sie nur Wasser, in dem einige wenige Reiskörner schwammen.

Dann kam der Befehl, dass sie alle ihre bunten Kleider einfärben mussten. Niemand sollte sich von nun an vom anderen in der Farbe der Kleidung unterscheiden. Sie wurden gezwungen, mit Hilfe von schwarzen Beeren alle Kleider dunkel zu färben. Mit knirschenden Zähnen folgten sie der Anweisung. Nun konnten sie sich nicht einmal mehr an den Farben freuen, alles sah schwarz und trübsinnig aus.

Wie eine Gruppe schwarzer Ameisen machten sie sich jeden Tag auf den Weg durch den Dschungel zum Reisfeld, wo sie bis zum Abend zu arbeiten hatten. Dann gab es einen Abendappell, bei dem ihnen die Anweisungen von Angka entgegengebrüllt wurden. Anschließend erhielten sie die tägliche Essensration und fielen nach dem kargen Mahl todmüde auf ihre Matten.

Eines Abends zeigte die Mutter Mary und Marong einen Schatz. Dem Mädchen stockte der Atem. Vor den staunenden Augen der Kinder lag der funkelnde, wertvolle Schmuck, den die Mutter während des Neujahrsfests, kurz vor Beginn der großen Katastrophe, getragen hatte. Die goldenen Ketten und strahlenden Diamanten erschienen Mary wie ein Relikt aus einer anderen Welt.

„Aber die Roten Khmer wollten doch alle unsere Habseligkeiten haben. Wie konntest du denn den Schmuck retten?“ Fragend schaute Mary ihre Mutter an.

„Ich habe den Schmuck im Saum meiner Kleidung versteckt. Du wirst sehen, möglicherweise kann er uns jetzt das Leben retten.“

„Hoffentlich kostet er uns nicht unser Leben. Angka erlaubt kein Privateigentum. Das wird hart bestraft. Alles gehört allen, das weißt du doch, Mutter. Sie erklären es uns jeden Tag.“

„Bevor wir verhungern, werde ich meinen Schmuck gegen Essen eintauschen“, die Stimme der Mutter klang entschlossen.

„Aber das ist lebensgefährlich! Ich will dich nicht auch noch verlieren, Mutter. Dann sind wir ganz allein, Marong und ich. Bitte pass auf dich auf!“ flehte Mary.

Wenn man beim Schwarzhandel mit Essen erwischt wurde, kannten die Khmer-Soldaten kein Pardon. Man wurde öffentlich ausgepeitscht, sie hatten es schon mitansehen müssen, wie Menschen blutend zusammengebrochen waren. Einige von ihnen bewegten sich nicht mehr und wurden im Dschungel verscharrt.

Allen flehenden Bitten ihrer Kinder zum Trotz wollte sich die Mutter am nächsten Abend auf den gefährlichen Weg machen, um ein Teil ihres Schmuckes gegen Essen einzutauschen.

„Wenn wir nichts zu essen haben, werden wir verhungern, so wie Mara“, erklärte sie entschlossen und ging hinaus in die Dunkelheit, während die Kinder zitternd vor Angst in ihrer Hütte auf ihre Rückkehr warteten. Die Minuten dehnten sich wie Stunden, es kam ihnen wie eine Ewigkeit vor.

Endlich hörten sie die vorsichtigen leisen Schritte ihrer Mutter. Mit strahlenden Augen brachte sie einen Sack Reis in die Hütte und stellte ihn vorsichtig in die Mitte.

„Das wird uns die nächsten Wochen vor dem Verhungern retten. Aber ihr dürft niemandem davon erzählen, hört ihr. Niemandem! Das bleibt unser Geheimnis“, schärfte sie ihren Kindern ein.

Wieder ein Geheimnis, das ich niemandem erzählen darf, dachte Mary bitter. Aber es gab hier im Lager ohnehin keine Freunde, mit denen sie reden konnte oder wollte. Seit Mara tot war, hatte sie nur noch Marong und ihre Mutter.

Die zusätzliche Reisportion, die sie nun nach Mutters mutiger nächtlicher Schmuggeltour jeden Tag in ihrem Blechnapf hatten, half ihnen in den kommenden Wochen über den schlimmsten Hunger hinweg.

Eines Abends, nach dem täglichen Appell, warteten sie ungeduldig auf die Erlaubnis, sich in die Unterkunft zurückziehen zu können, denn sie waren, wie jeden Tag nach der schweren Arbeit, unglaublich müde. Doch die Soldaten forderten mit harschem Ton alle unverheirateten Frauen auf, eine Reihe zu bilden. Die Mutter reagierte schnell und zog sich in die Dunkelheit zurück, um sich den Blicken zu entziehen. Die ledigen Männer, die im Lager lebten, mussten sich gegenüber den Frauen aufstellen. Fasziniert betrachtete Mary das Schauspiel, während sich ihre Mutter im Dunkeln versteckte.

Der Lagerleiter ergriff das Wort.

„Viele von euch haben ihre Männer oder Frauen verloren und sind jetzt allein. Das soll sich nun ändern. Angka braucht Familien und Kinder."

Die Soldaten schossen mehrmals in die Luft, um den Worten Nachdruck zu verleihen. Dann schlug der Aufseher auf einen Gong.

„Ihr seid jetzt verheiratet." Er zeigt jeweils auf die sich gegenüberstehenden Frauen und Männer und hieß sie, einen Schritt aufeinander zuzugehen und sich paarweise aufzustellen. „Ihr könnt jetzt in eure Hütten gehen. Angka will, dass das neue Kambodscha wächst. Es ist eure Aufgabe, Kinder für Angka zu bekommen."

Mit gesenkten Köpfen schlichen die Frauen ihren neuen Ehemännern hinterher. Nachdem sich die Menschen auf dem Versammlungsplatz verlaufen hatten und die frisch verheirateten Paare auf Befehl gemeinsam in eine Hütte gingen, traute sich auch die Mutter wieder aus ihrem Versteck hervor und ging schweigend zurück zu ihrer Hütte. Viele Fragen gingen Mary an diesem Abend durch den Kopf, aber sie traute sie nicht laut zu stellen.

Vor einigen Jahren hatten sie mit einem rauschenden Fest die Hochzeit ihrer Cousine gefeiert. An der eigentlichen Zeremonie durften die Kinder zwar nicht teilnehmen, aber die anschließende wunderschöne Feier mit leckerem Essen, Musik und Tanz blieb Mary unvergesslich. Wie so vieles war auch dieses Fest Teil einer schönen, unwiederbringlichen Vergangenheit. Nie wieder würden sie als Familie an einem solchen Fest teilnehmen können. Die Erinnerung daran zerriss ihr fast das Herz, und der Gedanke an die Festtafel, an der man sich richtig satt essen konnte, war kaum auszuhalten.

War das, was sie gerade hier gesehen hatte, auch eine Hochzeit? Niemand, abgesehen von den Khmer-Soldaten, schien sich über diese Heiraten gefreut zu haben. Kopfschüttelnd zog sich Mary in ihre Hütte zurück. Sie war froh, dass es ihrer Mutter gelungen war, sich dieser ominösen Zeremonie zu entziehen.

ជីវិត

Vath

1979

Der ohrenbetäubende Lärm explodierender Granaten weckte Vath auf. Überall war ein unbeschreibliches Tohuwabohu. Staub drang ihm in Augen und Nase, und kleine Steinbrocken flogen ihm um die Ohren. Menschen liefen aufgeregt durcheinander und versuchten panisch, der drohenden Gefahr zu entfliehen. Am liebsten hätte er sich die Ohren zugehalten und sich irgendwo verkrochen, doch sein Überlebenswille war stärker. Er musste diesen gefährlichen Ort unbedingt verlassen. Aber wohin sollte er gehen?

Seine Gedanken überschlugen sich. In seinem Kopf türmten sich Fragen auf, doch er fand keine Antworten. Wie es seinen Eltern und Geschwistern wohl ging? Ob sie noch in Prey Veng lebten? Und wie sollte er es anstellen, dorthin zu kommen? Wohin sollte er sich wenden?

In den vergangenen Monaten war er mit vielen anderen Kindersoldaten kreuz und quer durchs Land gezogen.

Jetzt hatte er überhaupt keine Ahnung mehr, wo er sich befand. Es war unmöglich, den Weg zurück in sein Heimatdorf zu finden. Er fühlte sich unglaublich einsam und verloren.

Ein lauter Knall zerriss ihm fast das Trommelfell. Ganz in der Nähe war eine Mine explodiert. Wieder rieselte Staub wie feiner Regen auf ihn herunter. Menschen hasteten an ihm vorbei, Männer, Frauen und Kinder. Alle waren vom Hunger gezeichnet, hatten dünne Arme und Beine. Die Bäuche der Kinder waren unnatürlich aufgedunsen. Ihre Schritte waren mühsam und schleppend, ihre Augen blickten leer und hoffnungslos. Einige waren verletzt und bluteten. Aber alle schienen zu wissen, wohin sie gehen wollten. Nur er, Vath, saß da, und wusste nicht, wohin. Er schnappte einige Gesprächsfetzen von den Vorüberziehenden auf, die ihn noch mehr verängstigten:

„Viele Landesteile sind vermint. Die Soldaten der Roten Khmer haben Landminen und Handgranaten zurückgelassen. Der Rückweg ist zu gefährlich."

„Die Vietnamesen haben das Land von den Roten Khmer befreit. Jetzt haben sich die Soldaten in den Dschungel zurückgezogen, um von dort aus weiterzukämpfen."

„Es gibt nirgendwo etwas zu essen."

„Überall liegen Leichen. Die Roten Khmer haben alle Menschen erschlagen, die nicht zu den Basisleuten gehörten."

„Lasst uns schnell vorwärts gehen, die Roten Khmer greifen Menschenmengen mit Granaten an!"

Erschrocken lauschte der Junge den Gesprächen der vorbeiziehenden Menschen und versuchte die Wortfetzen einzuordnen. Er fühlte sich unendlich allein. Wohin sollte er bloß gehen.

Wieder ein lauter Knall, ganz in der Nähe war eine weitere Granate explodiert. Um ihn herum herrschte nur noch Chaos. Die Leute flohen entsetzt, rannten durcheinander und versuchten hektisch, das lebensgefährliche Gebiet zu verlassen.

Sein Kopf dröhnte, und er steckte sich die Finger in die Ohren, um dem Lärm zu entfliehen. Er schloss die Augen und merkte, wie er am ganzen Körper zitterte und die Angst immer mehr Raum einnahm. Er musste hier weg, so schnell wie möglich. Ein kambodschanisches Sprichwort fiel ihm ein, das seine Mutter immer wieder gesagt hatte: Bleibe nicht liegen und warte auf den Tod. Seine Mutter hatte ihn mit diesem Satz oft von seiner Bambusmatte aufgescheucht und zur Arbeit auf das Reisfeld geschickt. Heute galt er wörtlich für ihn. Mit einem Schlag wurde ihm klar: Wenn er überleben wollte, durfte er nicht hierbleiben. Er musste sich dem Flüchtlingstreck anschließen, auch wenn er nicht wusste, was das Ziel der wandernden Menschenmenge war.

Energisch packte er seine wenigen Habseligkeiten: den kleinen Reissack, den Kochtopf, seine Trinkflasche, das Gewehr, das ihm die Khmer-Soldaten überlassen hatten, und seine Decke und machte sich auf den Weg. Alle seine Energie und seinen Mut nahm er zusammen und lief los, den fliehenden Menschen hinterher. Wohin der Weg ihn führen würde? Er hatte keine Idee. Aber er wusste, er musste vorwärtsgehen, denn hinter ihm lauerte der Tod.

In der Gruppe fühlte er sich weniger allein, auch wenn niemand den Jungen beachtete, der sich in den Menschenstrom einreihte. Schritt für Schritt ging er vorwärts, immer weiter Richtung Dschungel, froh, dass er den schrecklichen Lärm allmählich hinter sich lassen konnte.

Als es dunkel wurde, stoppten die Flüchtlinge auf einer Lichtung im Dschungel. Auch Vath suchte sich einen Platz, dabei achtete er darauf, dass er sein kleines Lager nicht am Rand aufschlug. In der Mitte fühlte er sich sicherer vor wilden Tieren und vor eventuell angreifenden Roten Khmer-Soldaten. Um ihn herum bauten viele Familien ihr Lager auf. Vath spürte einen schmerzhaften Stich, als er sah, wie sie gemeinsam ihre Decken ausbreiteten und sich aneinander kuschelten, einander Kraft und Wärme gaben. Er dachte an seine Familie. Wie es seinen Eltern und Geschwistern wohl gehen mochte? Ob sie den Terror der vergangenen Jahre überlebt hatten? Das Heimweh überrollte ihn mit ungeheurer Wucht. Er fühlte sich von aller Welt verlassen. Niemand kümmerte sich um ihn, und wenn er einen begehrlichen Blick in Richtung einer der Nachbarfamilien schickte, schauten ihn diese böse an. Nein, sie wollten mit einem einsamen Flüchtlingsjungen nichts zu tun haben, sie hatten genug eigene Probleme.

Schließlich suchte er trockenes Holz und machte damit ein kleines Feuer, so wie er es von seinem Vater vor vielen Jahren gelernt hatte. Dann füllte er ein wenig Wasser aus einem Bach in den Kochtopf und kochte eine Handvoll Reis. Er ging sehr sparsam mit seinen Essensvorräten um, denn er wusste nicht, wie lange er vom Inhalt des kleinen Reissacks leben musste. Als der Reis weich war, nahm er immer nur ganz kleine Portionen in den Mund und versuchte sie so lange wie möglich auf seiner Zunge zergehen zu lassen. So konnte er seine Mahlzeit intensiver genießen.

Doch auch wenn er sein Essen so lange wie möglich ausdehnte, irgendwann war der Topf leer. Er leckte die letzten Tropfen aus und spürte noch immer bohrenden Hunger in seinem Magen. Da fiel sein Blick auf das erloschene Feuer. Vorsichtig steckte er seinen Zeigefinger in die Asche und steckte ihn in seinen Mund. Es schmeckte salzig und fast ein wenig schmackhaft. Er griff nach seinem Löffel und schob sich immer mehr von der lauwarmen Asche in den Mund. Dann musste er husten. Sein Mund war staubtrocken. Schnell ging er zu dem kleinen Bach und spülte den Rest der Asche hinunter. Jetzt fühlte sich sein Bauch ein wenig voller an. Er wickelte sich in seine Decke und schloss die Augen.

Schnell lernte er, dass sich nicht jede Asche zum Verzehr eignete. Manchmal schmeckte sie bitter, und er bekam Bauchweh nach dem Essen. Aber er merkte sich, welches Holz sich gut verbrennen ließ, und von welchem Bäumen die Asche essbar war. Es war ihm klar, dass sein Reis trotz aller Sparsamkeit nicht lange halten würde, und die verbrannten Überreste des Feuers machten nicht dauerhaft satt. Er musste seinen Speiseplan ausweiten, um zu überleben.

Mit großer Sorge nahm er jeden Tag wahr, wie der Reissack immer leerer und schlaffer wurde, obwohl er versuchte, seine Portionen so klein wie möglich zu halten. Hunger war sein ständiger Begleiter, und manchmal konnte er sich kaum noch beherrschen und hätte am liebsten den ganzen Vorrat auf einmal aufgegessen, nur um einmal in seinem Leben wieder das Gefühl zu spüren, wie es war, richtig satt zu sein. Doch er wusste, dies wäre sein Todesurteil.

Jeden Tag zogen die Menschen weiter. Vath folgte ihnen. Jeden Abend, wenn sie ihr Lager aufbauten, begann er nach Insekten zu suchen, um sie mit seiner Reissuppe zu kochen und damit seine Mahlzeiten ein wenig zu verlängern.

Eines Tages gelang es ihm sogar, eine kleine Maus zu fangen. Schnell brach er ihr das Genick und legte sie aufs Feuer. Genüsslich entfernte er das wenige Fleisch von den kleinen Knochen und schob es in den Mund. Es war ein unglaubliches Gefühl, endlich wieder einmal den Geschmack von Fleisch auf der Zunge zu spüren, auch wenn es weniger als eine Handvoll war. An diesem Abend fühlte er fast so etwas wie Freude, als er sich auf seiner Matte ausstreckte. Er hatte sich ein kleines Festessen gegönnt.

Manchmal kochte er Blätter, Wurzeln und Baumrinden zu seiner Reissuppe. Aber das war riskant. Viele Bäume waren ihm unbekannt, und er wusste nie, ob sie genießbar waren. Mehrmals hatte er bereits giftige Blätter erwischt. Dann wurde ihm nach dem Essen schlecht oder manchmal auch schwindlig. Einmal hatte er tagelang mit Durchfall und Bauchschmerzen zu kämpfen. Nur mit großer Mühe war er noch in der Lage gewesen, sich vorwärts schleppen. Es waren furchtbare Tage gewesen. Am liebsten hätte er sich auf den Boden gelegt und wäre einfach eingeschlafen. Doch er hatte Angst, den Anschluss zu verlieren und allein im Dschungel zurückzubleiben. So war er taumelnd weitergegangen.

Aber er war nicht der Einzige, der nur mühsam vorwärtskam. Seit Tagen beobachtete er eine Frau, die immer weiter zurückfiel. Das Gehen fiel ihr offensichtlich schwer. Nur langsam schleppte sie sich vowärts und zog ihre wenigen Habseligkeiten hinter sich her. Immer wieder blieb sie stehen, hielt sich schwankend an einem der Bäume fest, griff sich an den Rücken, stöhnte und wischte sich den Schweiß von der Stirn. Sie hatte, wie so viele Menschen, dünne Arme und Beine und einen unglaublich dicken Bauch. Die Frau tat ihm leid. Ihr ging es offensichtlich noch viel schlechter als ihm. Er nahm ihr das Bündel mit dem Kochtopf und der Decke ab und versuchte sie zu stützen. So gingen sie gemeinsam langsam weiter. Die Frau sprach kein Wort, und auch Vath redete nicht. Aber es war ein schönes Gefühl, nicht mehr alleine unterwegs zu sein. Die Hand der Frau drückte schwer auf seine Schulter, doch das störte ihn nicht. Er spürte, dass er eine Hilfe für sie war, das tat gut und gab ihm Kraft. Zu zweit, das merkte er deutlich, waren sie stärker.

Die Schritte der Frau wurden immer langsamer, ihr Stöhnen lauter. Er warf ihr einen fragenden Blick zu. Sie war kreideweiß, in Strömen floss ihr der Schweiß übers Gesicht. Schließlich blieb sie stehen und lehnte sich keuchend an einen Baum. Behutsam breitete Vath ihre Decke aus, damit sie sich setzen konnte. Er hätte ihr so gerne geholfen, doch die Frau reagierte kaum, sie schien mit sich selbst beschäftigt zu sein. Mit letzter Kraft schleppte sie sich ins Gebüsch. Er wollte ihr folgen, schließlich konnte er sie doch in diesem Zustand nicht alleine lassen, doch sie erklärte ihm wütend, er solle sie alleine lassen. So blieb er auf seiner Decke sitzen und wartete auf ihre Rückkehr.

Plötzlich hörte er einen lauten Schrei, der ihm durch Mark und Bein ging. Ein leises Wimmern folgte. Was sollte er machen? Sie hatte ihm deutlich zu verstehen geben, dass sie seine Hilfe nicht wollte. Doch er konnte diese Frau, die der erste Mensch seit langem war, mit dem ihn so etwas wie eine Freundschaft verband, nicht alleine lassen.

Lange saß er wartend auf seiner Decke, während immer wieder Menschengruppen an ihm vorüberzogen, unschlüssig, ob er weitergehen oder warten sollte. Unentwegt starrte er auf das Gebüsch, hinter dem die Frau verschwunden war. Was, wenn sie dort Opfer eines wilden Tieres oder einer Schlange geworden war? Oder womöglich lauerten Soldaten der Roten Khmer im Dickicht? Was sollte er tun? Würde er sich selbst in Gefahr bringen, wenn er nachsah? Schließlich hielt er es nicht länger aus. Er konnte und wollte sie nicht alleine zurücklassen. Zögernd näherte er sich dem Gebüsch. Da bewegten sich die Zweige. Erleichtert sah er sie aus dem Dickicht kommen. Doch was für ein trauriger Anblick bot sich ihm! Ihre Lippen waren blutig aufgebissen und ihre Augen schauten leer vor sich hin. Schweißgetränkt klebten ihre Haare an der Stirn. An ihren Hosenbeinen sah er Blut. In der Hand hielt sie ein kleines, blutendes Bündel. Erschöpft legte sie sich auf die Decke und schloss die Augen.

Das Bündel lag nun achtlos im Gras. Als es ganz leise wimmerte, sah Vath entsetzt, dass es sich um ein neugeborenes Baby handelte. Es war ein Junge, der über und über mit Blut verschmiert war. Vorsichtig strich er ihm über den Kopf. Doch das Kind schaute ihn nur an und gab jetzt keinen Ton mehr von sich. Still lag es auf dem Boden.

Immer mehr Menschen gingen achtlos an ihnen vorüber. Schließlich erhob sich die Mutter schweigend und legte das Kind, das sich kaum noch bewegte, ins Gebüsch.

„Wir müssen weiter. Sonst bleiben wir allein zurück", murmelte sie. „Es wird nicht überleben. Lass uns gehen."

Es war der erste Satz, den Vath aus ihrem Mund hörte. Ihre harte Stimme jagte ihm einen Schauer über den Rücken.

Ohne einen Blick zurückzuwerfen, lief die Frau weg. Vath warf einen traurigen Blick auf das Kind. Mit leeren Augen schaute ihn das Baby an. Vorsichtig strich Vath über die Augenlider des Jungen, deckte den kleinen Leichnam sorgsam mit einigen Zweigen zu, so dass er nicht mehr so schutzlos dalag, dann riss er sich von dem erschütternden Anblick, den er sein Leben lang nicht mehr vergessen würde, los und ging schließlich weiter, mit Tränen in den Augen. Wie eine schwarze Decke legte sich eine große Traurigkeit über ihn. Mit schweren Schritten versuchte er den Anschluss an den Flüchtlingstreck zu finden. Alleine wäre er hoffnungslos verloren. Er musste vorwärtsgehen und durfte sich nicht von dieser Tragödie, die er in den vergangenen Stunden erlebt hatte, bremsen lassen. Er musste um sein eigenes Überleben kämpfen, dazu brauchte er seine ganze Kraft.

Die Mutter war bereits in der Menschenmenge verschwunden. Er sah sie nie wieder. Jetzt war er wieder alleine unterwegs. Schade, es war gut gewesen, so etwas wie eine Freundin zu haben, auch wenn sie kaum mit ihm geredet hatte. Traurig marschierte er weiter.

Mit Schrecken realisierte er nach einigen Tagen, dass sein Reisvorrat nur noch aus einer Handvoll Körner bestand. Egal, wie klein er seine Rationen aufteilte, sein Reis würde innerhalb kürzester Zeit zu Ende sein. Jeden Abend spürte er seinen leeren Magen, der sich durch die karge Mahlzeit nicht füllen ließ. Er brauchte unbedingt mehr zu essen, sonst würde er den Strapazen der Flucht nicht mehr gewachsen sein. Schließlich hatte er keine Ahnung, wie lange sie noch unterwegs sein würden. Plötzlich hörte er lautes Geschrei. Es waren die Affen, die im Dschungel ihre Spielchen trieben. Dieses Mal sah er eine Horde, die kleine rote Früchte, die sie von einem Baum holten, aßen. Interessiert beobachtete er ihr Tun. Offensichtlich genossen sie ihr Mahl. Immer wieder jagten sie sich gegenseitig die runden Früchte ab. Fast musste er lachen über ihr lustiges Verhalten. Dann kam ihm ein verwegener Gedanke. Affen, so überlegte er, hatten schließlich wie er auch vier Gliedmaßen und waren den Menschen ähnlich. Wenn diesen Affen die unbekannten Früchte offensichtlich so gut mundeten, dann waren sie auch für Menschen genießbar. Er würde es wagen und die unbekannte Frucht essen in der Hoffnung, dass er davon nicht wieder Bauchkrämpfe, Durchfall, Schwindelanfälle oder noch schlimmere Beschwerden bekam.

Vorsichtig kletterte er auf den Baum. Wie flink war er einst in seinem Dorf auf die Zuckerpalme geklettert! Doch das war lange her, in einem anderen Leben. Inzwischen war viel Zeit vergangen, seine Arme und Beine waren schwach geworden. So kostete es ihn viel Kraft, an die Früchte zu gelangen. Er erntete zwei davon. Sie hatten eine stachlige, ledrige Schale. Er hatte beobachtet, dass die Affen diese Schale entfernten und nur das hellere Fruchtfleisch aßen. Es war ziemlich einfach dieses freizulegen, und er biss vorsichtig in die fremde Frucht. Der Kern in der Mitte war bitter, aber das Fruchtfleisch schmeckte süß und war saftig. Nach dem ersten zögerlichen Versuch genoss er die leckeren Früchte. Von nun an bereicherten sie seinen Speiseplan. Erst viel später erfuhr er ihren Namen: Sie hießen Litschi.

Immer weiter zog der Flüchtlingstreck durch den Dschungel. Schließlich kamen sie an einen breiten Fluss, den es zu überqueren galt. Ratlos beobachtete Vath, wie die einzelnen Familien begannen, Baumstämme am Ufer zusammenzubinden und sich Flöße zu bauen, mit denen sie den Fluss überqueren konnten. Vath war alleine, niemand war da, der mit ihm ein Floß baute. Die Familien waren mit sich selbst beschäftigt, sie kümmerten sich nicht um den Jungen, der einsam am Flussufer saß. Wieder einmal kam er sich unglaublich verlassen vor. Seine Gedanken gingen wehmütig zu seinem Heimatdorf. Dort war er nie alleine gewesen. Sie hatten zusammengehalten und einander geholfen. Er erinnerte sich daran, wie er als kleiner Junge den Hund der Familie ins Wasser geworfen hatte. Wütend hatte ihn sein Vater damals gefragt, was er denn mache.

„Ich schaue, wie der Hund schwimmt. Dann kann ich es vielleicht auch lernen. Es sieht so lustig aus und scheint nicht schwierig zu sein."

Kopfschüttelnd hatte sich der Vater das Tun seines Sohns angesehen, doch er hatte es ihm nicht verboten. Immer wieder beobachtete Vath, wie der Hund mit seinen Pfoten paddelte, dabei in dem tiefen Wasser nicht unterging und sogar vorwärtskam. Schließlich probierte er es selbst und nach einigen vergeblichen Versuchen gelang es ihm tatsächlich, wenn er seine Arme und Beine richtig bewegte, zu schwimmen. Von da an übte er täglich, zusammen mit seinem kleinen Hund. Diese Erfahrung kam ihm jetzt zugute.

Während die ersten Familien bereits mit ihren wackligen Flößen den Fluss überquerten, nahm Vath sein Bündel, legte seinen Topf mit dem Hohlraum nach unten ins Wasser und hielt sich an den Griffen fest. Dann durchzuckte ihn ein Gedanke, als er sein Gewehr sah. Ob die Waffe möglicherweise verraten würde, dass er bei den Khmer als Kindersoldat rekrutiert worden war? Auf jeden Fall war es bei der Flussüberquerung hinderlich. Während der Flucht durch den Dschungel hatte er es nie gebraucht, es hatte ihn nur behindert. Energisch warf er die Waffe weg, bevor er sich in den Fluss aufmachte.

Vorsichtig bewegte er sich in das immer tiefer werdende Wasser, bis er keinen Boden mehr unter seinen Füßen spürte. Dann begann er zu paddeln und klammerte sich an den Kochtopf als Schwimmhilfe. Es war ein unglaubliches Gefühl, er ging tatsächlich nicht unter und kam langsam vorwärts. Neben ihm schwamm ein Floß, das immer näherkam. Schnell versuchte er, sich daran festzuklammern, um Kraft zu sparen und besser in dem reißenden Fluss vorwärtszukommen. Doch das war keine gute Idee. Die Leute auf dem Floß wurden wütend. Möglicherweise fürchteten sie auch, der blinde Passagier würde das instabile Floß zum Kentern bringen. Zu seinem Schrecken spürte Vath, dass sie mit ihren Füßen gegen seine Hände traten, damit er loslassen musste. Glücklicherweise konnte er schnell wieder nach seinem Topf greifen und weiter paddeln. Mit dieser Schwimmhilfe erreichte er schließlich das sichere Ufer.

Längst hatte er jegliche Orientierung verloren und ging einfach weiter mit dem Flüchtlingstreck. Manchmal hatte er das Gefühl, sie würden sich nur im Kreis bewegen, denn die Vegetation schien sich nie zu ändern und die Wege blieben immer gleich. Er wusste weder, wie lange er schon im Dschungel unterwegs war noch wo er sich befand, und lebte von einem Tag auf den anderen von der Hand in den Mund. Es waren gute Tage, wenn er genug zu essen fand, wie zum Beispiel Frösche oder Mäuse zum Braten und genießbare Früchte und Blätter, Tage an denen ihm andere Menschen einen freundlichen Blick zuwarfen und er sich nicht so schrecklich einsam fühlte. Aber es gab auch dunkle Tage, an denen der Hunger sein einziger Begleiter war, weil die anderen Flüchtlinge ihn deutlich spüren ließen, dass er allein unterwegs war.

Plötzlich merkte er auf. Er spürte eine Veränderung in der Eintönigkeit der langen Wanderung. Der Dschungel schien lichter zu werden, und er meinte eine gewisse Anspannung in der Luft wahrzunehmen, doch er konnte sie nicht greifen. Wachsam beobachtete er die Leute um sich herum. Ihre Schritte schienen energischer, zielgerichteter zu werden. Er versuchte sich ihnen anzupassen, so wie er es in den letzten Monaten immer gemacht hatte und aus Gesprächen den Grund des Wandels zu erfahren.

„Wir haben die thailändische Grenze überschritten Gleich werden wir im Flüchtlingslager ankommen. Wir sind am Ziel“, erfuhr Vath von einem jungen Mann, der mit seiner kleinen Familie unterwegs war. Der junge Mann war es auch, der kopfschüttelnd auf Vaths Trinkflasche zeigte:

„Die wirfst du am besten weg. Nur Soldaten haben Trinkflaschen, und die Thais mögen keine Soldaten. Mit dieser Flasche wirst du am Eingang des Lagers sofort wieder zurück nach Kambodscha geschickt.“

Dankbar für den hilfreichen Tipp nickte er seinem Ratgeber zu und warf die Flasche in hohem Bogen ins

Gebüsch. Niemals hätte er gedacht, dass ein so harmloses Gefäß für ihn lebensgefährlich werden könnte.

ជីវិត

Mary

1979

Mary wollte sich gerade aufmachen, um sich in die hungrige Menschenschlange einzureihen, die auf ihre tägliche ärmliche Reisration wartete, als sie in der Menschenmenge einen leuchtend roten Fleck wahrnahm. Ihr fielen fast die Augen aus dem Kopf, dann fuhr ihr der Schreck durch alle Glieder, als sie die Person erkannte, die hier aus der Reihe tanzte: Es war ihre Mutter, die ihre schwarze Jacke gegen einen roten Pullover ausgetauscht hatte. Irgendwo ganz hinten in ihrer Hütte musste Sarun dieses schöne Kleidungsstück aufbewahrt und vor den strengen Augen Angkas versteckt haben. Alle Augen richteten sich auf sie, als sie mit hoch erhobenem Kopf und gestrafften Schultern durch die staunende Menge ging, um ihre Reisportion abzuholen. Unter den vielen schwarz gekleideten Menschen leuchtete sie wie eine strahlende Sonne. Mary war unglaublich stolz auf ihre schöne und mutige Mutter, aber es beschlich sie auch große Angst davor, wie die Khmer-Soldaten auf eine solche Provokation reagieren würden.

Marys Furcht war begründet, denn bald nach dem Abendessen standen zwei Aufseher vor ihrer Hütte und forderten die Mutter auf, mitzukommen. Der Schreck fuhr Mary durch Mark und Bein. Sie wagte kaum zu atmen. Wenn die Khmer-Soldaten abends Menschen abholten und mit ihnen in den Dschungel gingen, kamen sie nie wieder zurück. Das hatte sie schon bei vielen Familien im Lager erlebt. Man munkelte, dass die Soldaten die Leute einfach mit einem Stock erschlugen und verscharrten. Doch laut wagte niemand darüber zu reden.

Und nun sollte ihre Mutter dieses Schicksal ereilen? Mary wollte laut schreien, aber der Ton blieb ihr im Hals stecken. Sie bekam keine Luft mehr. Doch die Mutter antwortete mit fester Stimme und energischem Blick auf den Befehl der Soldaten:

„Nein, ich werde nicht mitkommen. Meine Kinder brauchen mich heute Nacht. Morgen früh könnt ihr wiederkommen. Dann gehe ich mit euch."

Mary bewunderte den Mut und die Standfestigkeit ihrer Mutter, doch sie fürchtete auch die Reaktion der Bewaffneten. Aber das Unglaubliche geschah: Die beiden Soldaten zogen nach kurzem Zögern tatsächlich ab, nicht ohne die Ankündigung, am nächsten Morgen wiederzukommen. Dass die Gefahr nicht vorüber, sondern nur aufgeschoben war, war Mary klar. Es wurde eine furchtbare Nacht, voller schrecklicher Vorstellungen, was am kommenden Morgen passieren würde.

Die Soldaten kamen bereits vor Sonnenaufgang, um die Mutter, die sich kurz von ihren weinenden Kindern verabschiedete, abzuholen. Hilflos mussten Mary und Marong mitansehen, wie ihre Mutter mit den beiden Männern im Dschungel verschwand. Verlassen saßen sie vor ihrer Hütte und wussten nicht, was sie nun tun sollten. Um zur Arbeit auf die Felder zu gehen, fehlte ihnen die Kraft.

So hielten sie sich im Arm und weinten leise vor sich hin. Plötzlich stieß Marong Mary an und zeigte auf den Pfad, der zum Dschungel führte. Mary traute ihren Augen kaum, als sie ihre Mutter sah. Sie hielt den Kopf gesenkt und war nicht mehr die stolze Frau, die gestern mit ihrem roten Pullover aus der Menge hervorgestochen war. Aber sie lebte! Mit einem Jubelschrei liefen die Kinder auf ihre Mutter zu und nahmen sie in den Arm. Jetzt waren es Freudentränen, die über ihre Wangen liefen.

„Es ist alles gut", sagte die Mutter mit ruhiger Stimme. „Aber wir müssen jetzt auf die Felder zur Arbeit. Kommt, wir dürfen uns keine Fehler erlauben."

In den folgenden Tagen gaben sich Mary und Marong besonders viel Mühe, nicht aufzufallen.

Einige Tage später fiel Mary auf, dass ihre Mutter früher als sonst aufgestanden war und die Hütte besonders ordentlich aufräumte und sauber machte.

„Wir bekommen heute Abend Besuch", erklärte sie den verdutzten Kindern.

Besuch? Wieder einmal verstand Mary ihre Mutter nicht. So oft war ihnen eingebläut worden, sich von anderen fernzuhalten, um keine Geheimnisse auszuplaudern. Sie lebten sehr zurückgezogen und mieden den Kontakt mit anderen Bewohnern, um sich keiner unnötigen Gefahr auszusetzen, und nun sollte sogar jemand in ihre Hütte, ihr Refugium kommen? An den einzigen Ort, wo sie sich ein wenig sicher fühlten und wo so gefährliche Dinge wie der wertvolle Schmuck oder der unerlaubte Reissack, den die Mutter eingetauscht hatte, lagen? Mary schüttelte den Kopf, wagte aber nicht nachzufragen.

Am Abend, als sie die dünne Reissuppe aus ihrem Blechnapf löffelten, sah Mary, wie ein Mann sich ihrer Hütte näherte, seinen Kopf neigte und die Mutter ehrfurchtsvoll begrüßte, indem er die Hände vor der Brust zusammenführte. Mary starrte den Besucher neugierig an. Irgendwie kam er ihr bekannt vor. Er hatte nur wenige Haare auf dem Kopf und sah wie alle Menschen im Lager bleich und eingefallen aus. Er versuchte zu lächeln, doch seine Lippen entblößten nur einige Zahnstummel. Mary und Marong neigten ebenfalls ihre Köpfe und grüßten höflich, so wie es ihnen die Eltern beigebracht hatten.

Mary musterte den Besuch neugierig, dann fiel ihr plötzlich ein, woher sie den Mann kannte. Es war der Professor, der in Phnom Penh in derselben Straße gewohnt hatte wie sie. Wie sehr hatte er sich verändert! Aus dem Mann, der auf dem Weg zur Universität mit schnellen Schritten und aufrechtem Gang an ihrem Haus vorübergegangen war, war ein gebrochener Mensch geworden, mit hängenden Schultern, seine Wangenknochen stachen spitz hervor, und seine Augen hatten einen trüben, leeren Blick.

„Ich habe eure Mutter erkannt, als sie mit ihrem roten Pullover bei der Essensausgabe stand. Sie sah so schön aus, und ich war sehr froh, jemanden Bekanntes zu treffen.“ sagte er mit schleppender Stimme.

Die Mutter nickte stolz.

„Ich wollte, dass du mich siehst, denn es ist gut, wenn man im Lager jemanden hat, den man kennt und auf den man sich verlassen kann.“

Nach ihrer gemeinsamen Mahlzeit schaute die Mutter den Professor kurz an und nickte.

„Die Frau des Professors und seine einzige Tochter sind auf der Flucht gestorben“, erklärte die Mutter. „Er ist alleine, so wie wir.“

Mary betrachtete den Mann mitleidig. Sie meinte Tränen in seinen Augen gesehen zu haben.

„Ich will nicht mit einem fremden Menschen verheiratet werden, wie es die Roten Khmer mit den Leuten hier im Lager machen. Deshalb haben der Professor und ich beschlossen, den Lagerleiter um die Erlaubnis zu bitten, dass wir heiraten dürfen“, unterbrach die Mutter Marys Gedanken. „Gemeinsam sind wir stärker als allein.“

Für einen Moment dachte Mary wehmütig an ihren Vater, den sie so sehr geliebt und der immer für die Familie gesorgt hatte. Doch dann musste sie ihrer Mutter Recht geben. Es war besser, den Professor zu heiraten als einen fremden Mann, von dem niemand wusste, ob man ihm vertrauen konnte. Vater hätte diese Lösung ganz sicher gebilligt.

Am folgenden Tag erhielten die Mutter und der Professor die Erlaubnis zu heiraten. Die kurze Zeremonie war schnell vorbei, und von nun an kam der Professor hin und wieder nach der Arbeit in ihre Hütte, um hier zu übernachten, doch die meiste Zeit lebte er in dem Teil des Lagers, der den Männern zugeteilt war.

Das Leben im Lager wurde zunehmend schwieriger. Die Zeit, die ihnen die Roten Khmer zustanden, um zu schlafen und sich auszuruhen, wurde immer mehr verkürzt. Oft wurden sie schon mitten in der Nacht zur Arbeit getrieben. Es kam häufig vor, dass Menschen bei der Arbeit umkippten, weil sie sich nicht mehr auf den Füßen halten konnten. Sie wurden von den Bewachern mit Stöcken und Gewehrschüssen aufgefordert, weiterzumachen. Doch viele hatten irgendwann keine Kraft mehr und blieben einfach liegen. Dann schlugen die Soldaten mit ihren Stöcken auf sie ein und warfen sie anschließend in einen Graben, wo sie unbeachtet liegen blieben.

Die Reissuppe, die bei der Essensausgabe ausgeschöpft wurde, enthielt nur noch wenig Reis und immer mehr Wasser. Ohne den geheimen Reisvorrat, den die Mutter gegen ihren Schmuck eingetauscht hatte, wären sie längst verhungert.

Obwohl sie sehr sparsam waren, wurde der Reissack immer leerer, und viel zu bald musste sich die Mutter wieder auf den gefährlichen Weg machen, um Nachschub zu holen. Diesmal nahm sie das Diamantarmband mit, das ihr Vater zum letzten Geburtstag vor der Flucht geschenkt hatte.

Als die Mutter zurückkam, hatte sie nur ein kleines Tütchen Reis dabei. Die Enttäuschung stand ihr im Gesicht geschrieben.

„Sie haben mich ausgelacht. Sie sagen, sie wollen Gold, keine wertlosen Glassteine. Nur das kleine Armkettchen haben sie gegen Reis eingetauscht Die Diamanten haben in ihren Augen keinen Wert.“ Mutlos schüttelte sie den Kopf. „Wenn uns nichts einfällt, werden wir hier im Lager elend verhungern. Hier können wir nicht bleiben. Das Lager ist eine Todesfalle.“

Gemeinsam mit dem Professor begann sie einen Plan zu schmieden. An einem der folgenden Abende packten sie die wenigen Habseligkeiten in zwei große und zwei kleine Säcke und erklärte den beiden Kindern ihr Vorhaben.

„Morgen Abend, wenn es dunkel wird, werden wir fliehen. Es gibt Dörfer im Dschungel, wo wir vielleicht

Unterschlupf finden und wo das Leben besser ist. Dort gibt es kein Lager, und wir müssen nicht jeden Tag so hart arbeiten. Vielleicht können wir uns von dem ernähren, was wir im Dschungel finden und was wir anbauen. Aber ihr dürft niemandem etwas von unserem Fluchtplan verraten!"

„Aber das ist gefährlich! Wenn wir erwischt werden, bringen uns die Angka Soldaten um", wagte Marong einzuwerfen.

„Ja, es ist ein Risiko. Doch hier werden wir die harte Arbeit nicht mehr lange überleben. Immer mehr Menschen werden krank und sterben. Es ist ein guter Plan zu fliehen", erklärte der Professor. „Wir werden es schaffen! Wir müssen es einfach schaffen!"

Mary bewunderte ihre Mutter und den Professor, die nun, da es einen konkreten Fluchtplan gab, plötzlich wieder ein wenig Hoffnung und Kraft zu schöpfen schienen. Ihre Zuversicht steckte die beiden Kinder an. Am folgenden Tag gaben sich Mary und Marong große Mühe, ihre Aufregung vor den anderen zu verbergen.

Endlich war es dunkel, und sie aßen hastig ihre Reissuppe, um sich anschließend mit ihrem Gepäck unter dem Arm so leise, wie es möglich war, in der Dunkelheit auf dem schmalen Pfad Richtung Dschungel zu schleichen.

Immer wieder lauschte Mary und fürchtete, hinter ihnen Schritte zu hören. Doch es waren nur die Geräusche des Dschungels, die sie in Angst und Schrecken versetzten.

Nach wenigen Stunden ließen sie sich erschöpft auf einer Lichtung nieder. Die Arbeit, die sie tagsüber geleistet hatten, und das wenige Essen hatte ihnen die Kraft genommen. Nun hatten sie keine Energie mehr, weiterzugehen. Der Professor entfachte ein kleines Feuer, und sie legten sich auf ihrer Decke schlafen, während immer ein Erwachsener Wache hielt.

Am folgenden Tag gingen sie langsam weiter. Plötzlich hörte Mary einen lauten Schrei. Marys Herzschlag setzte vor Schreck für einen Moment aus. Den vier Menschen blieb nichts anders übrig, als stehenzubleiben, denn vor ihnen sprangen zwei Khmer-Soldaten aus dem Gebüsch, die sie wütend anbrüllten und sie anwiesen, sofort umzukehren. Ihre Flucht war zu Ende. Sie waren entdeckt worden.

Mit zitternden Knien und gesenkten Köpfen folgten sie den Anweisungen und machten sich auf den Rückweg, begleitet von den beiden Soldaten. Die Angst nahm Mary jegliche Kraft, sie konnte sich kaum vorwärtsbewegen. Ihr Gehirn weigerte sich vorzustellen, was in den nächsten Stunden mit ihnen passieren würde. Wütend presste sie die Zähne zusammen. Wie hatte ihre Mutter nur zu einem solch waghalsigen, lebensgefährlichen Unternehmen aufbrechen können? Sie waren alle verloren!

Viel zu früh kamen sie wieder ins Lager zurück. Mary wagte nicht, ihrer Mutter in die Augen zu schauen, zu sehr fürchtete sie die Hoffnungslosigkeit, die sie darin entdecken könnte. Sofort wurden sie dem Lagerleiter vorgeführt, der sie aufs Übelste beschimpfte.

„Wenn ihr noch einmal bei einem Fluchtversuch erwischt werdet, dann werdet ihr das nicht überleben! Ihr habt Glück. Angka braucht Arbeiter wie euch. Aber ihr werdet noch härter arbeiten müssen als vorher."

Hatte Mary richtig gehört? Sie konnten wieder zurück zu ihrer Hütte? Sie wurden nicht bestraft? Das Leben war ihnen noch einmal geschenkt worden! Doch was war es für ein Leben!

Der Hunger und die schwere Arbeit zehrten an ihrer Lebenskraft, zumal sie nun noch mehr Stunden täglich auf den Reisfeldern verbringen mussten. Lange würden sie die harte Arbeit und den großen Hunger nicht durchstehen, dieses Leben war ein langsames Sterben, das war ihnen bereits nach kurzer Zeit klar.

„Wir müssen hier weg, sonst gehen wir elendiglich zugrunde" erklärte die Mutter nach einigen Wochen. „Aber dieses Mal stellen wir es besser an. Zu viert sind wir zu viele, es fällt zu sehr auf, wenn vier Menschen im Dschungel unterwegs sind. Wir werden uns trennen. Mary und ich werden sich zuerst auf den Weg machen", erklärte die Mutter dem Professor, der vorsichtig nickte.

„Einige Tage später machst du dich mit dem Jungen auf den Weg."

Die Mutter beschrieb das Dorf genau, in dem sie sich treffen sollten.

„Aber komm mir ja nicht ohne den Jungen", schärfte sie dem Professor ein.

Dann verabschiedeten sich Mary und ihre Mutter und machten sich in der Nacht noch einmal auf den gefährlichen Weg.

Zu zweit waren sie schneller und leiser unterwegs. Tatsächlich gelang es ihnen nach zwei Tagen, unbehelligt ihr Ziel zu erreichen. Mary staunte, als sie den Dorfrand erreichten. Hier wimmelte es nur so von Menschen, die alle ähnlich aussahen. Sie trugen schwarze Kleidung, die viel zu weit war für ihre dünnen Arme und Beine, und lebten alle in einfachen Unterkünften, die sie aus Ästen und Decken zusammengebaut hatten. Es herrschte das reinste Chaos. Unter diesen vielen Menschen, das wurde Mary schnell klar, konnten sie problemlos untertauchen. In diesem Durcheinander würde sie kein Khmer-Soldat entdecken.

Sie half ihrer Mutter, einen Unterschlupf zu konstruieren, und nach einer kleinen Mahlzeit, die sie auf einem Feuer aus den mitgebrachten Reisresten gekocht hatten, schlief Mary erschöpft ein.

Nach einigen Tagen begann die Mutter unruhig nach Marong und dem Professor Ausschau zu halten. Immer sorgenvoller wurde ihr Blick.

Endlich sah sie einen Mann mit müden Schritten aus dem Dschungel Richtung Dorf gehen. Es war tatsächlich der Professor. Doch wo war Marong? Mary und ihre Mutter liefen ihm besorgt entgegen. Noch bevor die Mutter eine Frage stellen konnte, murmelte er:

„Ich konnte den Jungen nicht mitnehmen. Er ist krank geworden und konnte nicht gehen.“ Er streckte seine

dünnen Arme aus, die Hände zitterten. „Sieh selbst, ich habe keine Kraft, um ein Kind durch den Dschungel zu tragen!“

Die Mutter stieß einen Schrei aus, wie ihn Mary noch nie von ihr gehört hatte. Er erinnerte sie an den Schrei eines tödlich verletzten Tieres, den sie einmal, als sie zu Beginn ihrer Flucht am Rand des Dschungels übernachteten, vernommen hatte. Dann schlug die Mutter mit beiden Fäusten auf den Mann ein und beschimpfte ihn mit schrecklichen Worten. Als sie keine Kraft mehr hatte, setzte sie sich erschöpft in eine Ecke und starrte auf den Boden. Kein Wort von Mary oder dem Professor drang noch zu ihr durch.

Am nächsten Morgen machten sich Mary und ihre Mutter voller Bangen, in welcher Verfassung sie Marong vorfinden würden, auf den Weg zurück. Unbehelligt erreichten sie ihre alte Hütte. Niemals im Leben würde Mary den Anblick vergessen, der sich ihr bot. Sie schlug die Hand vor den Mund, um nicht laut aufzuschreien, als sie ihren Bruder sah. Leblos lag er auf dem Boden. Sein Gesicht war bleich, die Augen stachen hervor wie große schwarze Löcher, unzählige Fliegen umschwirrten die aufgesprungenen Lippen. Lange schaute Mary ihren Bruder an. Tränen liefen ihr übers Gesicht. Jetzt hatte sie auch ihn verloren.

Die Mutter nahm den Leichnam ihres Bruders in den Arm, als könnte sie ihn dadurch wieder zum Leben erwecken. Auch ihr liefen Tränen übers Gesicht.

„Ich hätte ihn nicht zurücklassen dürfen. Ich bin schuld. Niemals hätte ich meinen Sohn im Stich lassen dürfen“, murmelte sie immer wieder.

Nachbarinnen hatten offensichtlich die Ankunft von Sarun und Mary mitbekommen. Vorsichtig betraten sie die Hütte. Als sie berichteten, wie Marong in den vergangenen Tagen weinend in der Ecke gelegen und nach seiner Mutter gerufen hatte, brach Sarun zusammen und schrie: „Mein kleiner Marong musste ganz alleine sterben.“ Die Vorstellung, dass Marong einsam und verlassen gestorben war, war für sie unerträglich. Mit tränenblinden Augen schauten sie beide zu, wie die Menschen ein großes Loch gruben, in das sie den Leichnam legten. Dann machten sie sich schweigend auf den Weg zurück.

Es war ein trauriger Rückweg. Niemand behelligte sie oder stellte sich ihnen in den Weg.

Marongs Tod schien Sarun das Herz gebrochen zu haben. Tagelang saß sie trauernd in der armseligen Hütte. Als sie auf Marys ängstliches Flehen endlich wieder aufstand, schien sie ein anderer Mensch zu sein. Sie schien kaum mehr die Kraft zu haben für die einfachsten Tätigkeiten.

Dem Professor, der ebenfalls zurückgekehrt war, ging es zunehmend schlechter. Sein Husten wurde schlimmer, und bald bekam er kaum noch Luft. Einige Wochen später konnte er nicht mehr aufstehen, und eines Tages lag er leblos auf seiner Matte. Sarun weigerte sich, an seiner Beerdigung teilzunehmen. Dass er Marong alleine zurückgelassen hatte, konnte sie ihm nicht verzeihen.

„Geh du zur Beerdigung. Ich kann nicht“, wies sie Mary mit harter Stimme an, „und bring die Decke mit, in der sie den Leichnam einwickeln. Vielleicht können wir sie noch gebrauchen. Sie ist für uns zu wertvoll, als dass sie mit ihm vergraben werden sollte.“

Als der Leichnam in die Grube gelegt wurde, versuchte Mary die Knoten der Decke zu lösen, doch ihre Finger waren zu schwach. Traurig machte sie sich auf den Heimweg. Sie hatte in ihrem Leben schon viel zu viele tote Menschen gesehen. Ein wenig fürchtete sie sich auch vor der Reaktion ihrer Mutter, wenn sie ohne die Decke zurückkam. Doch der erwartete Tadel blieb aus. Die Mutter hatte nicht einmal mehr die Kraft zum Schimpfen.

Mary sorgte für die täglichen Mahlzeiten, sie half anderen Familien im Dorf und erhielt dafür immer wieder ein wenig Reis oder Mais, welche sie über dem Feuer kochte. Oft fand sie Früchte, Pilze und essbare Blätter, mit denen sie die täglichen Mahlzeiten ergänzte. Manchmal fragte sie sich, wie ihre Zukunft wohl aussehen würde. Doch dann zuckte sie nur hilflos mit den Schultern. Sie wusste es nicht. Für sie gab es keine Zukunft, sie versuchte einfach nur, jeden Tag zu überleben. Allmählich verlor sie jegliches Zeitgefühl.

Sie wusste nicht, wie lange sie schon im Dorf lebten und auch nicht, wie viele Jahre vergangen waren, seitdem sie Phnom Penh verlassen hatten. Doch eines Morgens wurde alles anders. Sie spürte eine große Aufregung unter den Menschen im Dorf. Gerüchte machten die Runde. Einige der alten Leute hatten heimlich Radio gehört und angeblich erfahren, dass vietnamesische Soldaten im Anmarsch waren.

„Die Vietnamesen haben Phnom Penh eingenommen und die Roten Khmer besiegt. Der Schrecken hat ein Ende“, so wurde gemunkelt.

„Die Vietnamesen?“, fragte Mary und schüttelte verständnislos den Kopf.

Diese Information erschien ihr unglaublich. Die Vietnamesen mit ihren spitzen braunen Strohhüten waren ihr in Phnom Penh stets ein Ärgernis gewesen. Sie lebten ganz anders und schienen einfach nicht in die Stadt zu passen. Niemand mochte diese Volksgruppe. Nun sollten genau diese Menschen, die sie früher verachtet hatten, dazu beitragen, dass der Wahnsinn ein Ende hatte? Zweifelnd zuckte Mary mit den Schultern, doch immer mehr Menschen begannen nun das Dorf zu verlassen.

„Es gibt die Möglichkeit, über die Grenze nach Thailand zu gelangen. Dort sind wir in Sicherheit, denn dort gibt es keine Roten Khmer, die uns gefährlich werden können. Thailand nimmt uns auf“, bekam Mary als Antwort, als sie sich nach den Gründen für den Massenaufbruch erkundigte.

Schließlich ließ sich auch die Mutter überreden, sich auf den Weg zu machen. Sie packten ihre wenigen Habseligkeiten zusammen und schlossen sich der Menschenmenge an.

Langsam machten sie sich erneut auf den Weg. Vor langer Zeit waren sie zu fünft in eine schreckliche Zukunft aufgebrochen. Jetzt waren sie nur noch zu zweit unterwegs und hatten keine Vorstellung, wohin sie ihr Weg führen würde. Nach einigen Tagen stoppte die Mutter unvermittelt und sah Mary mit müden Augen an.

„Ich kann nicht in dieses fremde Land gehen, in dem ich niemanden kenne. Lass uns umkehren. Wir gehen zurück nach Phnom Penh, dorthin wo meine Verwandten sind, wo wir vor vielen Jahren so glücklich zusammen waren."

In Mary bäumte sich alles auf. Nein, sie wollte nicht zurück. Sie wollte in ein neues Land, ohne Krieg, ohne Soldaten und Arbeitslager. Doch die Mutter ließ sich nicht umstimmen. Sie hatte ihre Entscheidung getroffen, eine Entscheidung, die auch das Leben ihrer Tochter in eine Richtung lenkte, die diese eigentlich überhaupt nicht wollte. Doch Mary wusste, was von ihr erwartet wurde. Als folgsame Tochter musste sie sich dem Willen ihrer Mutter beugen. Sie drehten um und machten sich auf den Weg zurück in die Hauptstadt.

ជីវិត

Thailand, das Land nördlich von Kambodscha, wo es keine Roten Khmer, keine Minen und Granaten gab. Sie waren in Sicherheit. Sie hatten es tatsächlich geschafft. Es dauerte eine Weile, bis Vath die Tragweite dieser Tatsache fassen konnte. Dann atmete er auf, Tränen der Erleichterung liefen ihm über die Wangen, und eine ganze LKW-Ladung an Steinen fiel ihm vom Herzen. Er hatte die Roten Khmer, die Vietnamesen und den Krieg, die Minen und Granaten endlich hinter sich gelassen. Plötzlich fühlte er sich unglaublich leicht und glücklich. Doch bevor er das Gefühl von Freiheit und Sicherheit auskosten konnte, war der Flüchtlingstreck bereits in Richtung Landesinnere weitergezogen. Schnell machte sich auch Vath auf den Weg und marschierte weiter.

Nach einigen Stunden, es schien ihm, als fiele ihm das Gehen und Atmen viel leichter, jetzt, da er die Grenze passiert hatte, erreichten sie ein Flüchtlingslager. Dort hatten sich an der Registrierungsstelle bereits lange Menschenschlangen gebildet. Die Leute, die so viele Monate große Entbehrungen auf sich genommen, bis sie endlich ihr Ziel in Thailand erreicht hatten, warteten nun geduldig darauf, aufgenommen zu werden. Vath schloss sich ihnen an und wartete gelassen, während er neugierig seine Umgebung beobachtete.

Wie unzählige Maulwurfshügel reihte sich eine unübersehbare Menge kleiner Zelte aneinander. Überall waren Menschen, die entweder scheinbar planlos umhergingen oder vor ihren Zelten saßen und vor sich hinstarrten.

Wie es sich wohl anfühlte, am Ziel zu sein und nicht mehr durch den Dschungel marschieren zu müssen? Für einen Moment schloss er die Augen und versuchte, dieses Neue, Ungewohnte in sich aufzunehmen. So viele Monate war er unterwegs gewesen, ständig in Angst vor den Roten Khmer, vor wilden Tieren, vor Minen und davor, den Anschluss an den Flüchtlingstreck zu verlieren. All das war jetzt vorbei, er konnte es kaum fassen, und nur ganz allmählich fand ein Gefühl der Erleichterung seinen Weg vom Kopf in sein Herz. Der üble Geruch der von der offenen Latrine herüberwehte, störte ihn in diesem Moment wenig. Er war in Sicherheit, und das war ein sehr gutes Gefühl, alles andere war vorerst nebensächlich. Plötzlich spürte er einen Schubs im Rücken.

Erschrocken drehte er sich um.

„Du bist an der Reihe, nicht einschlafen", forderte ihn sein Hintermann unwirsch auf.

Ein thailändischer Uniformierter notierte seinen Namen und registrierte seinen Fingerabdruck. Dann wurden ihm eine Decke und Holzstämme in die Hand gedrückt. Vath suchte sich einen freien Platz zwischen den vielen anderen Zelten, begann, sich ein neues Zuhause aufzubauen, und versuchte, sich so gut wie möglich mit den Gepflogenheiten seiner neuen Umgebung vertraut zu machen.

In den vergangenen Jahren hatten sich seine Gedanken fast ausschließlich nur noch darum gedreht, zu überleben und ausreichend Essen aufzutreiben. Hunger war sein ständiger Begleiter gewesen. In dieser Hinsicht änderte sich leider im Flüchtlingslager in Thailand wenig. Essen blieb der Dreh- und Angelpunkt seines Denkens und des sozialen Lebens.

Jeden Tag erhielten sie eine Tasse Reis, die sie auf ihrer Feuerstelle kochen konnten. Dies war die einzige

Mahlzeit. Bei der Essensausgabe musste jeder Flüchtling seinen Zeigefinger in einen Becher mit schwarzer Farbe tauchen, dann erst wurde der Reis ausgegeben. So sollte verhindert werden, dass sich jemand zweimal in die Reihe stellte und eine doppelte Portion abholte.

Die Tasse Reis reichte gerade zum Überleben, füllte aber niemals seinen leeren Bauch, und noch immer ging Vath jeden Abend hungrig ins Bett. Seine Haut hing faltig an seinen Armen und seine Finger waren unglaublich dünn. Einmal, nur einmal im Leben sich richtig satt essen zu können, war sein größter Wunsch. Doch er merkte schnell, dass er diesen Gedanken tief in seinem Herzen vergraben musste, dort, wo auch die Sehnsucht nach seinem Dorf und seiner Familie sich eingenistet hatte.

Eines Tages erhielt jeder zu seiner Tasse Reis noch eine goldene Dose. Fasziniert, aber auch ratlos betrachtete Vath die Zugabe. Auf der weißen Banderole der Dose waren kleine blaue Fische aufgedruckt, aber leider konnte er den zugehörigen Text nicht entziffern, denn er war in einer ihm unbekannten Sprache. Was sollte er wohl damit anfangen?

Wie so oft in den letzten Monaten beobachtete er zunächst die Menschen in seiner Umgebung. Einige nahmen ihre Dose und legten sie aufs Feuer, während sie ihre Reisportion kochten. Plötzlich gab es einen lauten Knall dem noch weitere folgten. Menschen schrien laut auf, Kinder hielten sich die Ohren zu und rannten aufgeregt durcheinander. Auch Vath zuckte erschrocken zusammen. Suchend schaute er sich nach einem sicheren Versteck um. Das ganze Szenario erinnerte ihn in fataler Weise an die Explosion der Minen während seiner Flucht. In jenen Monaten war die Angst sein ständiger Begleiter gewesen. Nun merkte er, dass diese Erinnerungen, die er in den letzten Tagen erfolgreich zu verdrängen versucht hatte, wieder sein Denken beherrschten.

Doch das Tohuwabohu war bald vorüber. Schnell legte sich die Aufregung und machte schadenfrohem Gelächter Platz. Mehrere Blechdosen waren durch die Hitze im Feuer explodiert. Ihr Inhalt war durch die Luft geflogen und lag nun überall verstreut im Gras. Das war offensichtlich nicht der richtige Weg gewesen, mit der geheimnisvollen Dose umzugehen, entschied Vath und beschloss, sie mit einem alten Nagel, den er auf dem Boden gefunden hatte, zu öffnen.

Vorsichtig nahm er ein Stück von dem hellbraunen Inhalt heraus, betrachtete es misstrauisch. Er hatte in den letzten Jahren so viele mehr oder weniger essbare Dinge gegessen, um nicht zu verhungern. Nun würde ihm der unbekannte Inhalt dieser Konserve, so hoffte er wenigstens, auch nicht schaden.

Vorsichtig steckte er ein daumengroßes Stück in den Mund. Es schmeckte gut, ein wenig salzig und hatte die Konsistenz von weichem Fleisch. Vath schloss die Augen und genoss die Mahlzeit, die ihn an frühere, bessere Zeiten erinnerte, als er mit seinem Vater fischen war. Später erfuhr er, dass es sich um Thunfisch handelte, den das Rote Kreuz hin und wieder spendierte und den sie zu Vaths Freude von nun an ab und zu als Ergänzung zum Reis erhielten.

ជីវិត

Mary

Der Weg zurück nach Phnom Penh war lange, traurig und schmerzhaft. Der Gedanke, was sie wohl in der Heimatstadt erwarten würde, bedrückte sie, als sie zusammen mit vielen anderen Menschen auf der Straße marschierten. Schuhe trugen sie schon lange keine mehr. Im Wald war das Barfußgehen noch einigermaßen erträglich gewesen, doch nun auf dem harten, heißen Asphalt hatten sie bald blutende Blasen. Aber das Schlimmste war der Hunger. Sie mussten essen, was sie unterwegs fanden, und das war nicht viel. Manchmal kamen sie an einem Dorf vorbei, in dem sie gegen Arbeit ein wenig Reis erhielten, doch oft blieben ihnen nur Wurzeln, die sie ausgruben, oder Mäuse, die sie fangen konnten. Sie schlugen den Mäusen den Kopf ab und brieten sie dann auf dem offenen Feuer. So hatten sie ein wenig Fleisch, und das füllte den Magen.

In der Ferne konnten sie immer wieder Gewehrschüsse und Bombeneinschläge der kämpfenden Truppen hören. Wenn die Granateneinschläge näherkamen oder am Himmel Flugzeuge zu hören waren, mussten sich die Flüchtenden schnell verstecken. Manchmal passierte es, dass das Essen auf dem Feuer kochte und sie plötzlich ganz nahe Kampfgeräusche hörten. Dann mussten sie schnell das Feuer löschen und sich mit hungrigen Mägen in den Wald flüchten.

Immer weiter schleppten sich Mary und ihre Mutter Richtung Phnom Penh. Mary kam es vor, als hätte sie keine Kraft mehr weiterzugehen und keine Energie für dieses armselige Leben, als sie endlich in der Ferne den Flughafen der Hauptstadt erkennen konnte. So mobilisierten sie noch einmal alle Kräfte und erreichten schließlich den Airport, wo sie in einem verfallenen Haus unterkommen konnten. Die Gefühle überwältigten sie. Drei Jahre, acht Monate und zwanzig Tage war es her, dass sie an dieser Stelle mit der Familie ihres Onkels fröhlich das neue Jahr begrüßt, miteinander gefeiert hatten und anschließend auf dem Rückweg von den Roten Khmer vertrieben worden waren. Nun kehrten sie zurück, arm, hungrig und ohne Bleibe. Der Vater und die Geschwister waren tot, sie waren allein. Wie sehr hatte sich ihr Leben verändert. Sarun und Mary liefen die Tränen über die Wangen.

Gleich am nächsten Tag machten sie sich zu Fuß auf Richtung Stadtzentrum. Es war ein weiter Weg vom Flughafen bis zum Stadtrand. Schließlich erreichten sie die ersten Gebäude. Doch wie sahen diese aus! Viele Häuser waren zerfallen, und an allen konnte man die Zerstörungen durch das Bombardement der letzten Wochen erkennen. Wie wohl ihre Villa aussehen mochte? Sie lag am anderen Ende der Stadt, und es würde noch eine Weile dauern, bis sie sie erreichten.

Die Suche nach Nahrung und der nagende Hunger war ihr ständiger Begleiter. Der Gedanke an Essen beherrschte ihr Leben. Viele Menschen waren unterwegs und suchten in den Häuserruinen nach Essbarem. Zögernd schlossen sich Sarun und Mary ihnen an. Die ehemals so schöne Hauptstadt glich nun einer verlassenen Geisterstadt. In einem der ersten Häuser stießen sie im Keller auf einen Berg Silberschmuck, den die Roten Khmer nach ihrer Machtergreifung offensichtlich aus den verlassenen Häusern zusammengetragen hatten. Mary liefen angesichts dieser Schätze fast die Augen über. Eigentlich hatte Angka Privateigentum verboten. Wie ließ sich dies wohl mit dem diebischen Verhalten der Khmer-Soldaten vereinbaren? Nur kurz stahl sich dieser Gedanke in Marys Gehirn, dann übernahm die Nahrungssuche wieder die Oberhand. Fragend schaute sie ihre Mutter an. Diese schüttelte den Kopf.

„Das alles ist zwar schön anzusehen, aber jetzt gibt es nur eine Währung: Reis."

Auf der Suche nach Brauchbarem gingen sie weiter. Im folgenden Haus hatten die Khmer Eimer mit Farben gehortet.

„Das ist gut. Überall müssen die Menschen ihre Häuser reparieren. Die Farbe wird gebraucht, man kann sie vielleicht gegen Reis eintauschen. Wir nehmen zwei Eimer mit", entschied Sarun.

Mary hob einen Farbeimer auf ihren Kopf. Er war schwer und leider auch nicht mehr ganz dicht. So tropfte immer wieder Farbe auf ihr Kleid. Doch das störte sie wenig. Ihre Kleidung war ohnehin schmutzig, und wenn sich die Farbe gegen Reis eintauschen ließ, hatte sich die Mühe gelohnt.

Im folgenden Haus fanden sie einen besonderen Schatz. Dort gab es große Mengen von Prahok, Fischkäse aus gestoßenem, fermentiertem Fisch in Salzlake. Das war noch viel mehr wert als Farbe. Schnell stellten sie die Farbeimer ab und hoben sich die vollen Eimer mit Prahok auf den Kopf. Dann machten sie sich mit ihrer Beute auf den Heimweg, Schritt für Schritt Richtung Flughafen, ihrem derzeitigen Zuhause. Plötzlich hörte sie ihre Mutter lachen. Mary drehte sich vorsichtig um, dann musste auch sie grinsen. Die Eimer mit dem Prahok waren auch nicht dicht, und so liefen Bäche mit Salzlake über ihre Kleidung und ergaben mit der Farbe ein lustiges Design.

Die scharfe Lake begann auf der Haut zu brennen, doch das störte Mary wenig. Sie hatte zum ersten Mal seit Jahren wieder ein Lachen aus dem Mund ihrer Mutter gehört. Vielleicht war das ein erster Hoffnungsstrahl.

Unterwegs fanden sie einen Wasserschlauch, mit dessen Hilfe sie die salzige Lake abwaschen konnten. Dann tauschten sie einen großen Teil des Prahoks gegen Reis ein und behielten einen kleinen Teil davon, um ihre Mahlzeit damit zu würzen. Für die nächsten Tage war das Essensproblem erst einmal gelöst.

ជីវិត

Vath

Vorerst war Vath am Ziel. Er war in Sicherheit, doch der Hunger blieb sein ständiger Begleiter. Der wenige Reis und die seltenen Portionen Thunfisch reichten einfach nicht aus, um satt zu werden. Wie in den vergangenen Monaten probierte er deshalb immer wieder, seinen Speiseplan durch Insekten und Mäuse zu ergänzen, meistens vergeblich. Es waren zu viele Menschen im Flüchtlingslager, die alle verzweifelt auf der Suche nach Essen waren.

Er hatte es leid, immer nur zu hungern und abends mit leerem Magen einschlafen zu müssen. Trotzig fasste er einen Entschluss: Heute würde er sich nicht mit einer einzigen kleinen Portion zufriedengeben. Nachdem er seine tägliche Ration Reis abgeholt hatte, versteckte er sie in seinem Zelt. Dann scheuerte er seinen Zeigefinger solange im Sand, bis die schwarze Farbe, das Zeichen, dass er bereits seine Essensration abgeholt hatte, verschwunden war. Nachdenklich betrachtete er seinen Finger. Er war einigermaßen sauber, nur am Rand konnte man, wenn man ganz genau hinsah, noch etwas von der schwarzen Farbe erkennen, doch dieser Farbrest konnte auch vom vorherigen Tag stammen.

Mit dem Mut der Verzweiflung stellte er sich wieder in die Reihe. Seine Angst ließ er sich nicht anmerken. Erst gestern hatte er beobachtet, wie einer der Flüchtlinge, der sich verbotenerweise eine zweite Portion erschlichen hatte, erwischt worden war. Es hatte einen schrecklichen Tumult gegeben, und die Aufseher hatten den Schuldigen mit einem Stock blutig geschlagen. Vath bebte innerlich vor Angst, ihm könnte Ähnliches widerfahren, aber sein Hunger war größer als seine Furcht. Einmal, nur einmal wollte er wieder erleben wie es sich anfühlte, satt zu sein.

„Angka sieht alles. Angka hat so viele Augen wie eine Ananas. Angka hasst Betrüger", dröhnte es in seinen Ohren.

„Angka ist Vergangenheit. Angka hat mir nichts mehr zu sagen", versuchte er dem entgegenzusetzen.

Nur noch wenige Meter, dann hatte er es geschafft! Zögernd schaute sich Vath um. Ob ihn wohl jemand entdeckt hatte? Er spürte, wie seine Knie anfingen zu beben. Sein Mund wurde trocken. Er atmete tief durch. Dann verließ er die Warteschlange. Hatte Angka doch noch Einfluss auf ihn? War es die Angst, entdeckt und bestraft zu werden? Oder hatte er Skrupel, zu betrügen? Es war wohl von allem etwas, was dazu führte, dass er auch an diesem Tag wie an all den vorherigen seinem quälenden Hunger nur ein wenig Reis entgegensetzen konnte.

Das Flüchtlingslager war mit Stacheldraht eingezäunt, und es war strengstens verboten, es zu verlassen. Mehrmals konnte er beobachten, wie einige junge Leute trotzdem einen Gang unter dem Zaun gegraben hatten und durchschlüpften.

Meistens verließen sie das Lager am Vormittag und kamen erst gegen Abend auf dem gleichen Weg wieder zurück. Er beschloss, deren Verhalten auf den Grund zu gehen.

Am folgenden Morgen schloss er sich den jungen Leuten an, die sich unter dem Zaun durchzwängten. Eilig liefen sie Richtung Dorf, und Vath folgten ihnen in sicherem Abstand. Interessiert beobachtete er, dass sie im angrenzenden Wald Holz sammelten. Vath machte es ihnen schweigend nach. Keiner schien Notiz von ihm zu nehmen. Als sie so viele Bündel, wie sie gerade noch tragen konnten, hatten, lieferten sie das Brennholz im Dorf ab. Auch Vath konnte sein Holz loswerden.

Als Lohn erhielten sie zu Vaths großer Freude eine Handvoll Reis und einige Litschis. Was für eine Bereicherung für den eintönigen Speiseplan! Voller Freude machte er sich mit den anderen auf den Heimweg. Jetzt hatte er einen Weg gefunden, zusätzliches Essen zu ergattern, zudem waren die täglichen Ausflüge eine spannende Unterbrechung im langweiligen Einerlei des Flüchtlingslagers.

Von nun an machte er sich jeden Tag auf, um für die thailändischen Dorfbewohner Holz zu sammeln. Im Gegenzug erhielten er und seine Kameraden dafür etwas Essen, mal war es eine Mango, manchmal etwas getrockneter Fisch, hin und wieder Gemüse. Einmal erhielt er sogar ein T-Shirt und eine kurze Hose. Vath konnte sein Glück kaum fassen. Endlich konnte er die Uniform der Roten Khmer, deren Einheitsschwarz längst einem schmutzigen Grau gewichen war und die ihn an die schreckliche Zeit als Kindersoldat erinnerte, ablegen.

Erwischen lassen durften sie sich natürlich nicht, das wurde ihm bereits am ersten Tag durch seine Gefährten wortreich deutlich gemacht.

Viele Wochen ging tatsächlich alles gut. Doch dann, als sie eines Abends bereits auf dem Rückweg waren, passierte das, wovor er sich schon die ganze Zeit gefürchtet hatte: Obwohl er so vorsichtig wie möglich war, entdeckte ein Polizist den Ausreißer, als er unter dem Zaun durchschlüpfte.

„Du kommst mit auf die Polizeistation“, erklärte der Thailänder mit barschen Worten und drohte mit seiner Waffe.

Der Schreck fuhr Vath in alle Glieder. Was würde jetzt mit ihm geschehen? In den vergangenen Jahren in Kambodscha hatte er oft miterlebt, dass die Roten Khmer Menschen abgeführt hatten, die danach nie wieder aufgetaucht waren. Würde ihm jetzt hier in Thailand dasselbe passieren? Wer würde wohl ihn, den Flüchtlingsjungen aus Kambodscha, vermissen? Mit zitternden Knien und gesenktem Kopf ging er neben dem Thai her.

Schließlich kamen sie zu einem einfachen Holzhaus. Erstaunt schaute er sich um. Das war mit Sicherheit keine Polizeistation. War das ein gutes oder ein schlechtes Omen? Wo war er denn jetzt gelandet? Zögernd betrat er nach Aufforderung des Polizisten das Haus. Dann blieb er abwartend stehen und schaute sich ängstlich um. Was ihn wohl hier erwartete?

„Ausreißer werden zurück nach Kambodscha geschickt!“

Die scharfen Worte des Polizisten ließen ihn zusammenzucken.

Nur das nicht, war Vaths erster Gedanke. Zurück zu Minen und Granaten, dorthin, wo die Roten Khmer-Soldaten noch immer Menschen umbrachten? Ein kalter Schauer lief ihm über den Rücken.

„Wenn ich dich das nächste Mal bei einem Ausbruch ertappe, muss ich dich nach Kambodscha zurückschicken. Lass dich nie wieder erwischen!“ hörte er wie von weiter Ferne die Stimme des Polizisten.

Hatte er richtig gehört? Sollte er mit dem Schrecken davongekommen sein? Vath wagte kaum zu atmen. Wie betäubt folgte er dem Wink des Thai und ging weiter in den Raum hinein. Erst jetzt nahm er die Frau wahr, die dort an der Kochstelle hantierte. Sie bedeutete ihm, sich zu setzen. Dann brachte sie einen Teller mit gekochtem Reis, Hühnerfleisch und Gemüse. Der unglaubliche Duft dieses Essens stieg Vath in die Nase. Das Wasser lief ihm im Mund zusammen. Verblüfft schaute er die Frau an, die ihm einen Löffel in die Hand drückte und ihn anwies zu essen.

Er konnte kaum fassen, was hier geschah. Langsam, ganz langsam schob er sich das leckere Essen in den Mund und ließ es auf der Zunge zergehen. Tränen liefen ihm über die Wangen. So etwas Köstliches hatte er schon lange nicht mehr gegessen. Löffel für Löffel genoss er die wunderbare Mahlzeit, während er immer wieder die Frau dankbar anlächelte. Mit Tränen in den Augen drückte er ihre Hand, als er sich, nachdem er den Teller leergegessen hatte, verabschiedete. Dann brachte ihn der

Polizist zurück ins Flüchtlingslager, nicht ohne ihn noch einmal scharf darauf hinzuweisen, dass er ihn, sollte er ihn noch einmal bei einem Ausbruch erwischen, sofort zurück nach Kambodscha schicken müsste.

Glücklich legte sich Vath an diesem Abend schlafen. Er hatte die köstlichste aller Mahlzeiten gegessen. Seit unglaublich langer Zeit hatte er heute zum ersten Mal wieder erfahren, wie es sich anfühlte, satt zu sein, und er hatte erlebt, dass Menschen freundlich und liebevoll mit ihm umgegangen waren.

Der Flüchtlingsstrom, der im Lager ankam, schien nicht mehr abzureißen. Immer mehr Kambodschaner suchten dort Zuflucht. Manchmal meinte Vath, in einem Ameisenhaufen zu leben. Es gab kaum noch Platz zwischen den provisorischen Zelten, überall wimmelte es von Menschen. Der Gestank von der offenen Latrine wurde immer bestialischer. Unzählige Lagerinsassen wurden krank. Oft litten die Menschen an Durchfall, der aufgrund der Untererernährung schnell tödlich enden konnte. Viele Kambodschaner, die den Gräueln des Genozids entronnen waren, erwartete nun in Thailand der Tod wegen der schlimmen Zustände im Lager.

Vath achtete penibel darauf, sein Geschirr sauber zu halten, obwohl das bei dem wenigen Wasser, das ihm zur Verfügung stand, oft schwierig war. Allmählich wurde ihm klar, dass er nicht bleiben konnte. Wenn er leben wollte, musste er das Flüchtlingslager verlassen, sonst würde er an Krankheit oder Untererernährung sterben. Aber wo gab es eine Zukunft für ihn?

Zu seinem großen Glück wurde die UNO auf die unhaltbaren Zustände in den thailändischen Flüchtlingslagern aufmerksam. Das UNO-Flüchtlingswerk

UNHCR mobilisierte die Öffentlichkeit, und jetzt reagierten andere Länder auf diese humanitäre Katastrophe. Wenigstens die elternlosen Kinder, die am meisten unter der schrecklichen Situation zu leiden hatten, sollten eine Chance auf ein menschenwürdiges Leben bekommen. Verschiedene Länder boten an, elternlose Flüchtlingskinder aufzunehmen.

Eine Lautsprecherdurchsage wies Vath den Ausweg. Er traute seinen Ohren kaum, als er erfasste, was die Lagerleitung bekanntgab. Ein großer Stein fiel ihm vom Herzen, denn nun gab es eine Möglichkeit, dieses Land, in dem es für ihn keine Zukunft gab, zu verlassen. Diejenigen, die aus Thailand ausreisen wollten, sollten sich umgehend im Büro des Lagerleiters melden. Wie elektrisiert hörte Vath diese Nachricht. Das war seine Chance! Sofort ließ er sich in die entsprechende Liste eintragen. Doch der Mann, der seinen Namen notierte, schüttelte bedauernd den Kopf, als er sein Wunschland „USA“ angab.

„Dort werden keine Flüchtlinge mehr aufgenommen. Das Kontingent für die USA ist leider bereits ausgeschöpft. Du musst dich für ein anderes Ziel entscheiden“, erklärte er. „Deutschland hat sich bereit erklärt, 107 elternlose Kinder aufzunehmen.“

„Deutschland? Hast du von diesem Land schon etwas gehört?“ fragend wandte sich Vath an einen Jungen, der zufällig neben ihm stand.

„Nein“, murmelte dieser. „Aber jedes Land ist besser als dieses Flüchtlingslager, in dem es weder Zukunft noch Hoffnung, sondern nur Hunger und Krankheit gibt.“

Vath nickte. „Da hast du wohl recht.“

Kurze Zeit später unterschrieb Vath den Ausreiseantrag, doch die Hürden waren hoch. Zunächst mussten alle Kinder eine eingehende Untersuchung über sich ergehen lassen. Auch Vath stellte sich in die Reihe und musste erleben, wie mehrere Flüchtlinge mit Tränen in den Augen zurückgeschickt wurden, weil sie den medizinischen Anforderungen nicht entsprachen. Doch er hatte Glück, obwohl er stark unterernährt war, winkte ihn der Arzt durch.

Die Glücklichen, die den medizinischen Test bestanden hatten, wurden in einem separaten Haus untergebracht, wo sie auf ihre neue Zukunft vorbereitet wurden. Plötzlich gab es keine Einsamkeit und kein Alleinsein mehr, wie Sardinen in einer Fischdose lagen ihre Matten nebeneinander im Schlafraum.

Es kam auch keine Langeweile mehr auf, denn nun war der Tag durchgetaktet mit täglicher Gymnastik, dem Lernen von Regeln für die neue, so fremde Zukunft und den unvermeidlichen Appellen, die Vath zwar seit Jahren kannte, die nun aber einen anderen Charakter hatten. Auch die täglichen Mahlzeiten waren nicht mehr so karg und bestanden jetzt aus Reis mit Fleisch, Gemüse, und einem täglichen Glas Milch, das vom Roten Kreuz zur Verfügung gestellt wurde, damit die Kinder für die große Reise kräftig genug waren. Rot-Kreuz-Mitarbeiter aus Deutschland versuchten so gut wie möglich, die Kinder auf das Leben in dem neuen Land vorzubereiten.

Doch die Enge führte auch zu Konflikten. Nachdem der Hunger ihr Dasein so lange geprägt hatte, blieb Essen das Hauptthema. Die Erfahrung des Mangels hatte sich tief in die Seele der Kinder eingebrannt. So musste Vath mehrmals erleben, dass für ihn nichts mehr übrig war, weil ein anderes Kind ihm seinen vollen Teller in einem unbeobachteten Augenblick gestohlen hatte. Auch waren die Thai-Aufseher nicht immer freundlich zu den Flüchtlingskindern. Oft gab es wegen Kleinigkeiten ungerechte, harte Strafen.

Das ungewohnte Essen führte nach den langen Hungerjahren häufig zu Verdauungsbeschwerden. Krämpfe und Blähungen, leider auch mit üblen Gerüchen in den engen Schlafsälen waren die Folgen. Manchmal war der Gestank kaum auszuhalten, und die Aufseher hatten buchstäblich die Nase voll. Sie ließen alle Kinder antreten und forderten die Schuldigen auf, sich öffentlich zu melden.

Natürlich war keines der Kinder bereit, die Schuld und damit die Strafe auf sich zu nehmen. Viel zu tief hatte sich die Angst in ihre Seelen eingebrannt. Doch die Aufseher akzeptierten ihr Schweigen nicht. Willkürlich wurde die Gruppe in zwei Teile geteilt, die eine Hälfte erhielt Stockschläge als Strafe, die andere konnte unbehelligt in den Schlafsaal zurück. Vath hatte Glück, er kam ohne Schläge davon, doch die Opfer dieser ungerechten Strafaktion taten ihm leid. An diesem Abend wurde ihm klar, dass er so schnell wie möglich aus diesem Lager ausreisen musste, und so war er unglaublich froh, als wenige Tage später der Abtransport losging.

Auf ihn wartete eine neue Zukunft, das hoffte er, als er mit den anderen in den Bus stieg, der sie nach Bangkok bringen sollte. Angst vor all dem Neuen, das auf ihn zukam, wollte er nicht aufkommen lassen.

In Bangkok wurden die Kinder zusammen mit den deutschen Rot-Kreuz-Mitarbeitern und thailändischen Begleitern in einem Gästehaus untergebracht. Endlich gab es für alle genug zu essen, ja, es war sogar mehr als genug. Auf den Tischen standen große Schüsseln mit

Reis, Gemüse und leckerem Gulasch. So etwas hatten sie noch nie gegessen. Sie konnten ihr Glück nicht fassen und schlugen sich die Mägen mit all den Köstlichkeiten voll. Gierig schlangen sie die ungewohnte Mahlzeit hinunter – mit schrecklichen Folgen. Das ungewohnte Essen war zu viel und zu schwer für die Bäuche der Flüchtlingskinder. Wimmernd lagen sie in der folgenden Nacht im Bett. Furchtbare Durchfälle und Bauchkrämpfe plagten sie. Die Betreuer riefen erschrocken einen Arzt. Den meisten konnte er helfen, doch eines der Flüchtlingskinder überlebte nicht und starb, weil sein ausgemergelter Körper die Essensmenge nicht verkraftet hatte. Betroffen hörten die Kinder am folgenden Tag die traurige Nachricht. Vath kannte das verstorbene Mädchen nicht persönlich und konnte sich nicht an sie erinnern. Trotzdem erschütterte ihn ihr Tod zutiefst. Nun hatte dieses kleine Mädchen den Krieg überstanden und die Chance auf ein besseres Leben erhalten und jetzt – Vath stiegen die Tränen in die Augen – jetzt kurz vor dem Ziel war es gestorben. Traurig schüttelte er den Kopf. Das Leben war ungerecht. Aber er erhielt die Chance auf ein besseres Leben, und er wollte diese Chance ergreifen. Mitleid konnte er sich nicht leisten, energisch schluckte er seine Traurigkeit hinunter und konzentrierte sich auf das neue Leben, das vor ihm lag.

Endlich ging es auf die große Reise. Auf dem Flughafen überfiel Vath plötzlich eine schreckliche Panik. Worauf hatte er sich nur eingelassen? Flugzeuge kannte er bisher nur als todbringende Bomber, die Granaten abwarfen. Und in ein solches Ungetüm sollte er nun einsteigen? Aber er wusste, es blieb ihm keine Wahl. Zurück ins Flüchtlingslager, wo die Menschen wie Ameisen auf einem Haufen lebten und wie Fliegen starben, wollte er nicht, also blieb ihm nur der mutige Blick nach vorn. Durch einen langen, dunklen Gang, der wie ein Finger zum Eingang des Flugzeugs zeigte, ging der Weg. Wie in Trance schloss er sich den anderen an und folgte zögernd den Anweisungen der Begleiter. Sein Zittern, als er seinen Fuß ins Flugzeug setzte, versuchte er zu verbergen. Er musste nach vorne schauen, mutig ging er vorwärts.

ជីវិត

Mary

Einige Wochen, nachdem sie sich in einer Hütte auf dem Flughafenareal von Phnom Penh eingerichtet hatten, erklärte Sarun, sie habe in der Hauptstadt eine Wohnung gefunden, in die sie einziehen konnten. Ihr ursprüngliches Haus war zwar unbewohnbar, jedoch war ihnen ganz in der Nähe in einem Dreifamilienhaus eine Bleibe angeboten worden. Mary nickte dankbar. Alles war besser als die primitiven Hütten am Flughafen. Doch die Mutter hatte ein anderes Problem.

Nach einem Leben in Angst und Schrecken und mit all den furchtbaren Erlebnissen während der vergangenen Jahre versetzte sie der Gedanke, mit Mary allein in einer Wohnung zu leben in schiere Panik. Es schien ihr unmöglich, zu zweit in der neuen Wohnung zu sein. So beschlossen sie, mit einer anderen Frau, die sie auf dem Flughafenareal kennengelernt hatten, zusammenzuziehen. Ihre neue Mitbewohnerin hatte ein ähnliches

Schicksal wie sie selbst. Auch sie hatte während der Schreckensherrschaft ihren Mann und drei Kinder verloren und lebte mit ihrer Tochter in dem Hüttendorf am ehemaligen Flughafen. So lag es auf der Hand, dass sie zusammen eine Wohngemeinschaft bildeten.

Kaum waren sie in die kleine Wohnung eingezogen, begann für Mary wieder der Schulunterricht. Auch für Sarun bestand die Möglichkeit, als Lehrerin zu arbeiten. Es schien, als würde sich bald so etwas Ähnliches wie ein geregeltes Alltagsleben einspielen. Doch das Zusammenleben entwickelte sich nicht so wie gedacht. Ständig gab es Streitereien mit der Frau und deren Tochter. Wenn Sarun und Mary nach Hause kamen, war die Wohnung verdreckt und unaufgeräumt, denn ihre Mitbewohnerinnen hielten nichts von Sauberkeit und Ordnung. Oft war von dem Wenigen, das sie besaßen, etwas verschwunden, und so war klar: Es war eine schlechte Entscheidung gewesen, mit diesen beiden zusammenzuziehen. Anstatt, wie erhofft, ein wenig Sicherheit und so etwas wie ein Zuhause zu finden, gab es immer wieder heftige Auseinandersetzungen.

Glücklicherweise gelang es Sarun, trotz der Wirren nach der Schreckensherrschaft ihren Bruder Jeomg ausfindig zu machen. Er hatte die schrecklichen Jahre überlebt, jedoch waren seine Frau und zwei seiner drei Kinder dem Hunger zum Opfer gefallen. Jetzt lebte er mit seinem Sohn in einer Wohnung in Phnom Penh. Dankbar nahmen Mary und ihre Mutter sein Angebot an, bei ihnen einzuziehen. Hier fühlten sie sich willkommen.

Eines Tages auf dem Heimweg von der Schule hörte Sarun plötzlich eine bekannte Stimme.

„Hallo Sarun, wie schön, dich zu treffen!“

Der Mann, der ihr entgegenkam und sie angesprochen hatte, hatte sich wie alle Kambodschaner in den vergangenen Jahren sehr verändert und war kaum wiederzuerkennen, doch Sarun war sich sicher: Dieses Gesicht hatte sie schon einmal während ihrer Ausbildung im Lehrerseminar gesehen. Sie hatte an diesen Mann zwar keine gute Erinnerung, doch jetzt freute sie sich, ihren ehemaligen Mitstudenten wiederzusehen. Die Freude schien auf Gegenseitigkeit zu beruhen.

Erstaunt hörte Mary am Abend von der Begegnung ihrer Mutter.

„Aber du hast doch erzählt, dass du mit diesem Mann im Seminar nur Schwierigkeiten hattest?" fragte sie, „und nun freust du dich, ihn zu treffen?"

Sarun nickte: „Damals, vor vielen Jahren, wollte er eine Beziehung mit mir. Aber ich konnte und wollte zu diesem Zeitpunkt keine Freundschaft eingehen. Damit hätte ich meine Ausbildung gefährdet, mit katastrophalen Folgen. Mein ganzes Lebensziel wäre dadurch ins Wanken geraten."

Mary sah, wie ihre Mutter vor Aufregung ganz rote Wangen bekam.

„Das hatte ich ihm deutlich zu verstehen gegeben, doch er zeigte damals wenig Verständnis und gab mir eine Ohrfeige. Das konnte ich nicht auf mir sitzen lassen. Ich musste den Vorfall dem Direktor melden, für mich stand zu viel auf dem Spiel. Er wurde deshalb nach seinem Examen zur Strafe in eine Dorfschule nach Battambang versetzt. Das war sehr hart für ihn. Unter Tränen verließ er das Seminar." Ein Lächeln stahl sich auf das Gesicht der Mutter. „Aber jetzt haben wir uns versöhnt. Er ist inzwischen ein erfolgreicher Geschäftsmann. Seine Familie wohnt in Battambang, er jedoch lebt in Phnom Penh und handelt mit Edelsteinen. Da sich damit allmählich wieder Geschäfte machen lässt, ist er sehr erfolgreich."

Mary runzelte unwillig die Stirn. Nun, da ihr Leben langsam wieder in ruhigeren Bahnen verlief, brauchte sie nicht schon wieder einen Störenfried in ihrer kleinen Familie. Doch als der neue Freund ihrer Mutter sich als umgänglich erwies und sie zudem mit einer nagelneuen Casiouhr beschenkte, arrangierte sie sich mit seiner Existenz. Eine solche Beziehung konnte in jenen Tagen sehr hilfreich sein. Als Mary ihn um ein Mofa bat, damit sie schneller zur Schule fahren konnte, schüttelte er bedauernd den Kopf. Solch wertvollen Geschenke konnte auch der reiche Geschäftsmann nicht herzaubern.

Die Schule machte Mary viel Spaß, und sie lernte leicht. So gelang es ihr erneut, eine Klasse zu überspringen und bereits 1982 mit 17 Jahren ihren Schulabschluss zu machen. Die Mutter plante für sie eine Ausbildung als Steuerberaterin, also bewarb sich Mary beim zuständigen Finanzamt. Leider waren nur Bewerber über 18 zugelassen. Da erwachte der Kampfgeist ihrer Mutter wieder. Sie ließ alle ihre Beziehungen spielen und mit Unterstützung ihres neuen Bekannten etwas Geld fließen, so dass Mary tatsächlich die gewünschte Ausbildungsstelle bekam, nach zwei Jahren erfolgreich die Prüfung als Steuerberaterin abschloss und 1985 einen Arbeitsplatz beim Finanzamt in Phnom Penh erhielt.

ជីវិត

Vath

Am 9. August 1979 landete Vath in Stuttgart, in einer neuen, gänzlich unbekannten Welt. Es war laut, die Menschen redeten in einer völlig unverständlichen Sprache, hasteten eilig durch die Gänge und schienen ununterbrochen in Bewegung. Niemand beachtete den anderen. Vath war froh, dass mit ihm über 100 andere Kinder und auch Mitarbeiter des thailändischen Roten Kreuzes nach Deutschland gekommen waren, so fühlte er sich in dieser fremden Umgebung nicht ganz so verloren. Im Flugzeug hatten zwei Jungs neben ihm gesessen, Bo und Phean, mit denen er seine Bedenken teilen und sich ein wenig unterhalten konnte. So war der lange Flug schnell vergangen, und er hatte zwei Freunde gewonnen.

In der Flughafenhalle schaute er sich erschrocken um. Ein Blitzlichtgewitter überwältigte ihn. Überall standen Menschen mit Fotoapparaten, die Bilder von ihnen machten. Am liebsten hätte er sich hinter einer Mauer versteckt. So etwas hatte er noch nie erlebt. Mitarbeiter des Roten Kreuzes erklärten ihnen, dies seien Journalisten von Zeitungen, die über die kambodschanischen Kinder berichten wollten.

Vath schüttelte verwirrt den Kopf, in dieser fremden Welt verstand er überhaupt nichts, und er war froh, als er sich in den Bus verkriechen konnte, der sie ins Kinderdorf nach Bad Dürrheim brachte. Er hatte Hunger und war unglaublich müde. Die Fülle der ungewohnten Eindrücke überwältigte ihn. Sein Kopf dröhnte, er wollte einfach nur seine Ruhe haben.

Im Kinderdorf angekommen erhielten sie endlich etwas zu essen. Erwartungsvoll setzte sich Vath mit seinen beiden neuen Freunden an den Tisch. Schöne, weiße Teller, silbernes Besteck und ein Becher waren für jedes Kind gedeckt. Vath war beeindruckt. Doch als er die Schüsseln sah, zog sich ihm der Magen zusammen. Die Mitarbeiter schöpften für alle Essen auf den Teller. Jedes Kind erhielt ein Spiegelei, das kannte Vath, Eier hatte es früher bei seiner Familie immer wieder gegeben. Aber diese gelben, matschigen Knollen hatte er noch nie gesehen. Noch erstaunlicher jedoch fand er die grüne Pampe, die einer der thailändischen Begleiter auf seinen Teller schöpfte. Misstrauisch beäugte er die Mahlzeit. Es sah aus wie ein großer, grüner Kuhfladen. Ob man das essen konnte? Er beobachtete die anderen Leute im Raum. Während die kambodschanischen Kinder argwöhnisch die Löffelspitze in das grüne Mus tauchten, aßen die Erwachsenen mit gutem Appetit. Da er so großen Hunger hatte, überwand er sein Misstrauen und probierte zunächst das Ei, es war wenigstens etwas Bekanntes. Die gelben Teile fühlten sich weich an, man konnte sie fast mit der Zunge zerdrücken. Es war ein seltsames Gefühl im Mund, so ganz anders als der Reis, den er bisher zu jeder Mahlzeit gegessen hatte. Dann probierte er mutig von dem grünen Brei. Er schmeckte fade, wie gekochte Blätter. Vath würgte ihn hinunter, denn schließlich füllte er seinen hungrigen Magen. Er hoffte, dass es ihm davon nicht schlecht wurde wie von den Blättern, die er früher im Dschungel gegessen hatte. Vorsichtig schaute er sich um, den anderen Kindern schien es ähnlich zu gehen wie ihm. Auch sie schluckten nur mit Mühe die ungewohnte Mahlzeit. Wie gerne hätten sie Reis mit Fleisch und richtiges Gemüse gegessen! Später erfuhr er, dass diese grüne Pampe „Spinat“ hieß. Er sollte in den folgenden Jahren noch öfters damit Bekanntschaft machen, Spinat wurde jedoch nie zu seiner Lieblingsspeise.

Das Leben in Deutschland war so ganz anders, als er es bisher gewohnt war. Als Erstes begann er, der bisher nur wenige Worte in seiner Muttersprache Khmer lesen und schreiben konnte, die deutsche Sprache zu lernen. Es war ein schwieriges Unterfangen. Jeden Morgen trafen sich alle Kinder zum Unterricht. Einen Satz wiederholten sie täglich, sie sagten ihn, wenn Journalisten ins Kinderdorf kamen, die über die ungewöhnlichen Neuankömmlinge berichteten, und wenn sie im Städtchen von Menschen angesprochen wurden, die ihnen meistens freundlich begegneten: „Ich bin glücklich in Deutschland zu sein." Jeder Morgen begann mit diesem Satz, sie sollten ihn nie vergessen.

Neben der Sprache lernten sie viel über das Leben in Deutschland, das sich so sehr vom Leben im Dschungel unterschied. Plötzlich stand nicht mehr der Kampf ums Überleben im Mittelpunkt, sondern sie hatten viel Zeit zum Spielen. Insbesondere Ballspiele hatten es ihnen angetan, Fußballspielen wurde zu ihrem liebsten Zeitvertreib.

Die Wochen verflogen, und eines Morgens wurde Vath von aufgeregtem Geschrei geweckt. Er schaute aus dem Fenster, um den Grund des Lärms zu erfahren und traute seinen Augen nicht. Über Nacht war alles weiß geworden, so etwas hatte er noch nie gesehen.

Schnell zogen sich die Kinder warme Jacken an und rannten ungestüm nach draußen, denn diesem unglaublichen Phänomen mussten sie unbedingt sofort auf den Grund gehen. Zögernd streckte Vath die Hand aus und versuchte, möglichst viele der kalten, weißen Flocken auf der Handfläche zu spüren und zu sehen, wie sie langsam zu Wasser schmolzen. Dann fasste er in einen Schneehaufen und formte eine Kugel. Sofort machten es die anderen Kinder nach, und im Nu war eine lustige Schneeballschlacht im Gange.

Die Konsistenz der weißen Pracht faszinierte ihn. In Thailand hatte er mit begehrlichen Blicken gesehen, wie die reichen Leute Erfrischungen kauften, die aus gefrorenem Wasser hergestellt und mit buntem, süßem Sirup übergossen wurden. Das, was hier vom Himmel fiel, sah so ähnlich aus wie diese Delikatesse, allerdings ohne farbigen Sirup, aber dafür viel feiner und weicher. Die Kinder waren begeistert: Was war Deutschland für ein wunderbares Land, in dem solche Köstlichkeiten vom Himmel fielen? Schnell holten sie ihre Trinkbecher, füllten sie mit Schnee, streuten Zucker darüber und aßen begeistert die leckere Kreation. Als jedoch immer mehr Flüchtlingskinder krank wurden, weil sie nicht genug bekommen konnten von dem ungewohnten Schneeeis, kauften die Mitarbeiter des Roten Kreuzes ihnen Speiseeis. Das schmeckte den Flüchtlingskindern noch viel besser und führte nicht zu Bauchschmerzen.

Von hilfsbereiten Menschen bekamen die Kinder zu ihrer großen Begeisterung gebrauchte Fahrräder geschenkt. Mit viel Freude probierten sie die Fahrzeuge aus. Vath betrachtete das Treiben stirnrunzelnd. Irgendwie gelang es ihm nicht, mit seinem Rad umzugehen. Die anderen schienen sich prächtig zu amüsieren, während sein Fahrrad nicht richtig funktionierte, nur unrund und schwergängig fuhr. Unzufrieden überprüfte er das Fahrzeug und entdeckte bald betrübt die Ursache der Schwierigkeiten: Bei beiden Reifen fehlten die Schläuche.

Enttäuscht merkte er, dass er so sein Fahrrad nicht benutzen konnte, dabei hatte er sich über diese neue Herausforderung gefreut. Grübelnd suchte er nach einem Weg, den Defekt zu beheben. Sein Blick fiel auf die umliegenden Wiesen, auf denen die Heuernte in vollem Gange war. Das Gras lag bereits trocken auf der Erde. Das verhalf ihm zu einer kreativen Idee. Er nahm einzelne Heubüschel und stopfte damit die leeren Reifen aus. Das Rad war zwar nicht so leichtgängig wie ein luftbereiftes, doch die Heufüllung tat notdürftig ihren Dienst, und er konnte nun, wie die anderen Kinder auch, Rad fahren üben. Noch immer schüttelte es ihn kräftig durch, wenn er in die Pedale trat, aber es machte ihm viel Spaß, denn nun war er mobiler, sein Bewegungsradius wurde deutlich größer und wenn er mit hoher Geschwindigkeit den Berg hinunter radelte spürte er den Fahrtwind in den Haaren: ein unglaubliches Gefühl von Freiheit und Abenteuer ließ sein Herz höherschlagen.

Hin und wieder kamen deutsche Familien ins Kinderdorf und besuchten einzelne Kinder. Meistens waren es kleine Mädchen, die regelmäßig Besuch bekamen und dann irgendwann ganz zu diesen Familien zogen. Neidisch beobachtete Vath diejenigen, die in Pflegefamilien einen Platz fanden. Wie gerne würde auch er bei einer solchen Familie wohnen.

Er beschloss, das Gespräch mit dem Leiter des Kinderdorfes zu suchen und die Möglichkeit auszuloten, Kontakt zu einer deutschen Familie zu finden, die bereit war, ihn bei sich aufzunehmen. Der Rot-Kreuz-Mitarbeiter schüttelte bedauernd den Kopf. Die meisten deutschen Familien nahmen lieber jüngere Mädchen auf. Es würde schwierig werden, für Vath eine Pflegefamilie zu finden, aber er versprach, sich zu bemühen.

Tatsächlich geschah das scheinbar Unmögliche: Eine Familie, die sich bereit erklärt hatte, ein kambodschanisches Kind aufzunehmen, sogar einen etwas älteren Jungen wie Vath, wollte ihn kennenlernen. Er konnte sein Glück kaum fassen.

Vath konnte den Tag des ersten Besuchs kaum erwarten. Die Spannung nahm ihm fast den Atem, als er an diesem denkwürdigen Nachmittag auf die Ankunft der unbekannten Familie wartete. Würde er sich mit diesen Leuten verstehen? Würde es ihm gelingen, einen guten Eindruck zu hinterlassen? Könnten diese Menschen, die hier mit ihrem Auto ankamen, um ihn zu treffen, seine neue Pflegefamilie werden? Er wünschte es sich so sehr!

Es war eine aufgeschlossene Familie, die Vath fröhlich begrüßte. Lächelnd streckte die junge Frau ihm ihre Hand entgegen:

„Ich bin Dora, und das ist Martin."

Vath musterte die beiden und nickte. Vor Aufregung brachte er keinen Ton heraus, dabei wollte er doch unbedingt einen guten Eindruck hinterlassen. Dora und Martin lachten freundlich. Neben ihnen stand ein Junge, der ungefähr gleich groß war wie Vath und ein kleines Mädchen.

„Das sind Steffen und Cathrin". Dora zeigte auf die Kinder.

Wieder nickte Vath. Stumm schaute er die Menschen an, die erwartungsvoll zurückblickten. Verzweifelt überlegte Vath, was er antworten sollte. Doch ihm fiel absolut kein deutsches Wort mehr ein. Sein Gehirn schien wie leergefegt zu sein. Dabei hing so viel von diesem ersten

Treffen ab! Dann endlich nahm er Doras ausgestreckte Hand wahr.

Er begrüßte die ganze Familie höflich auf deutsche Art, indem er jedem etwas unbeholfen die Hand gab, so wie er es in den letzten Wochen gelernt hatte.

„Ich heiße Vath. Ich bin glücklich, in Deutschland zu sein." Vath war erleichtert, als ihm diese Sätze, die er als Erstes in Deutschland gelernt hatte, wieder einfielen.

Jetzt war das Eis gebrochen. Alle redeten durcheinander. Vath verstand kein Wort und schaute verständnislos von einem zum anderen. Die Besucher verstummten, als sie sein Schweigen realisierten.

„Komm mit!" Martin winkte Vath auffordernd zu. Gemeinsam machten sie sich auf zu einem Spaziergang, während Dora mit Worten und Gesten ein Gespräch versuchte. Vath gab sich viel Mühe, aber die Unterhaltung war schwierig. Er konnte nur wenige Brocken Deutsch. Doch der Junge, den sie Steffen nannten, hatte einen Softball mitgebracht, mit dem sie auf einer angrenzenden Wiese Fußball spielen konnten. Das machte Spaß und funktionierte ohne komplizierte Gespräche. Vath atmete auf. Ballspielen konnte er, dazu brauchte es nicht viele Worte. Er warf Cathrin den Ball zu. Strahlend kickte sie ihn zurück. Jetzt beteiligte sich auch Martin an dem Fußballspiel. Unter viel Gelächter kickten sie sich gegenseitig den Ball zu.

Auf dem Rückweg ins Kinderdorf versuchte sich Vath verstohlen einen Eindruck von der Familie zu machen, während ihn das kleine Mädchen mit großen Augen musterte. Dora und Martin schienen ungefähr so alt wie sein ältester Bruder zu sein, und für einen Moment überlegte er, ob er bei so jungen Eltern leben könnte. Doch die

Freundlichkeit dieser Menschen, die bereit waren, ihn als Pflegesohn aufzunehmen, ließ alle Bedenken wie Schnee in der Sonne schmelzen.

Das erste Treffen wurde gekrönt mit einem gemeinsamen Besuch in einem Café – wieder eine ganz neue Erfahrung für den Jungen aus Kambodscha. Staunend beobachtete er, wie die Familie fröhlich ihre Bestellung aufgab.

Dann wurde das bestellte Essen gebracht, und Vath betrachtete konsterniert den Teller, der von der Bedienung an seinen Platz gestellt wurde. Was war denn das? Etwas weißes Weiches neben etwas dunkelrotem Matschigem, das so gar nicht appetitlich aussah. War das, was so undefinierbar vor ihm stand, überhaupt genießbar oder war dies vielleicht ein Vertrauenstest, ob er sich dieser neuen Familie anpassen würde, so wie er es in Kambodscha oft erlebt hatte, als die Khmer-Soldaten ihnen immer wieder beigebracht hatten, dass Angka kein „Nein“ akzeptierte?

Er fürchtete, dass er dieses Essen nicht ablehnen durfte, um die Sympathie der anderen nicht zu verscherzen. Er wollte die freundliche Familie nicht vor den Kopf stoßen. Es war so wichtig, dass sie einen guten Eindruck von ihm bekamen.

Vorsichtig schaute er in die Runde. Die anderen aßen mit großem Appetit ihren Teller leer, also konnte dieses Essen nicht giftig sein. So beschloss er, es den anderen am Tisch gleichzutun, und probierte vorsichtig das weiße Weiche – es schmeckte süß, ein wenig wie Eis, nur nicht so kalt, aber es war genießbar. Dann testete er das andere, rote Undefinierbare – war es ein gekochtes Tier, Gemüse oder Obst? Am ehesten hatte es Ähnlichkeit mit gekochten Insekten. Er schob sich vorsichtig ein kleines Stück davon in den Mund. Es war weich, man konnte es mit der Zunge zerdrücken und hatte eine dünne Haut. Sauer schmeckte es, und darunter gab es noch ein wenig süßen, knusprigen Teig. So richtig lecker war es nicht, aber Vath zwang sich, den ganzen Kuchen zu essen. Schließlich war es ihm wichtig, dass die Familie von ihm und seinem Verhalten überzeugt war und dass er ein gutes Familienmitglied werden würde. Dora, seine spätere Pflegemutter erklärte ihm, dies sei ein Zwetschgenkuchen mit Sahne, eine typische Spezialität in Süddeutschland. Doch so richtig anfreunden konnte er sich mit diesem Kuchen nicht.

Vath war fast ein wenig traurig, als der erste Besuchssonntag vorüber war. Es war ein schöner Tag gewesen, und die Offenheit der Familie Schultheiß hatte ihn tief beeindruckt. Zu seiner großen Freude wiederholten sich diese Besuche mehrmals, und es wuchs eine enge Freundschaft. Der kambodschanische Junge freute sich auf jeden Besuchssonntag. Mit der Kommunikation haperte es immer noch, denn Vaths Deutschkenntnisse waren in der kurzen Zeit, die er in Deutschland lebte, noch nicht sehr ausgeprägt. So unterhielten sie sich mit Händen und Füßen, Mimik und Gesten, was zwar immer wieder zu Missverständnissen führte, aber der Fröhlichkeit keinen Abbruch tat.

Endlich war der große Tag da, an dem Vath ein ganzes Wochenende bei seiner zukünftigen Pflegefamilie verbringen durfte, damit beide Seiten sich noch näher kennenlernen und dann entscheiden konnten, ob sich hier Vaths neue Heimat befand. Er war unglaublich aufgeregt, als er endlich abgeholt wurde. Was würde dieser Tag bringen?

Es wurde ein spannender Besuch. Martin holte ihn mit dem Auto ab, und pünktlich zum Mittagessen kam er bei der Familie Schultheiß an. Wieder einmal, wie so oft, seitdem er in Deutschland lebte, war Vath völlig perplex, was er auf seinem Teller vorfand. Die Würstchen waren ihm bekannt, denn die gab es öfters im Kinderdorf zu essen und sie schmeckten ihm sehr gut. Auch die kleinen gelben Teile, die sich wie Würmchen auf dem Teller kringelten, identifizierte er nach einem vorsichtigen Test als Teigspeise. Nudeln wurden in Deutschland häufiger gekocht als Reis, das hatte er bereits gelernt, und er aß sie gerne. Doch die graubraune Masse, die sich zudem noch auf seinem Teller befand, beäugte er misstrauisch. Sie sah aus wie die Anhäufung von ganz kleinen Schildkröten, die in einer Soße gekocht wurden. So etwas hatte er noch nie gesehen. In Kambodscha gab es nur viel größere Schildkröten mit einem harten Panzer. Diese hier waren nur wenige Millimeter groß und schienen weich zu sein. Köpfe oder Beine konnte er auch bei genauerem Hinsehen nicht erkennen. Vorsichtig schob er sich einige der kleinen Teilchen in den Mund und kostete. Sie waren erstaunlich weich, teilweise auch noch etwas hart, und sie schmeckten ein wenig sauer und salzig. Fragend schaute er in die Runde. Die ganze Familie schien das befremdliche Gericht mit großem Appetit zu genießen.

„Das sind Linsen und Spätzle, ein schwäbisches Gericht", erklärte Vaths zukünftige Pflegemutter Dora, als sie seinen skeptischen Blick sah. Vath nickte und schluckte. Er wollte höflich sein zu seiner Gastfamilie und auf gar keinen Fall deren Sympathie verspielen.

Freundlich lächelnd schob er einen großen Löffel in den Mund. Es war essbar, aber zu seiner Lieblingsspeise würde auch dieses Essen nicht werden.

Das Wochenende wurde zu einem vollen Erfolg. Vath spielte mit seinem neuen Pflegebruder im Sandkasten, freute sich über die Freundlichkeit der Menschen, und als er gefragt wurde, ob er sich vorstellen könne, hier einzuziehen, antwortete er glücklich „ja".

Vath packte seine Sachen im Kinderdorf, das ihm in der ersten Zeit in Deutschland Heimat geworden war. Jetzt war er froh, weiterziehen zu können. Er verabschiedete sich von seinen kambodschanischen Freunden mit dem Versprechen, mit ihnen in Kontakt zu bleiben.

Einfach war der Start in der neuen Familie nicht, obwohl sich Dora und Martin viel Mühe gaben und Steffen bereit war, mit ihm sein Zimmer zu teilen. Niemand wusste, wie alt der kambodschanische Junge war, denn Vath kannte sein Geburtsdatum nicht. Von seiner Konstitution her wurde er auf etwa zehn Jahre geschätzt, doch bald merkte seine Pflegemutter, dass dies nicht stimmen konnte. Zwar war er klein und zierlich, aber sein Verhalten glich keineswegs einem Zehnjährigen. Er schien viel reifer zu sein. Ein Test in einer Kinderklinik brachte schließlich Klarheit: Der Junge war ungefähr sechzehn Jahre alt, doch aufgrund der jahrelangen Mangelernährung war seine körperliche Entwicklung gebremst worden.

„Du bist im Jahr des Hasen geboren, vergiss das nie", hatte ihm vor vielen Jahren seine Mutter eingeschärft. Daran erinnerte er sich jetzt wieder. Das Jahr des Hasen – seine Pflegefamilie forschte nach und konnten ermitteln, dass sein Geburtsjahr 1963 war.

Vaths Pflegevater Martin war Pfarrer. So war der sonntägliche Kirchenbesuch für die Familie eine Selbstverständlichkeit, der sich auch Vath anschloss. Als er zum ersten Mal zusammen mit Dora und seinen Pflegegeschwistern den Gottesdienst besuchte, schaute er sich neugierig um. Zusammen mit Dora, Cathrin und Steffen setzte er sich in eine der harten und unbequemen Bänke. Um ihn herum unterhielten sich die Menschen lebhaft, doch er verstand nicht, worüber sie sprachen, und langweilte sich bald. So betrachtete er neugierig die bunten Glasfenster, durch die das Sonnenlicht in verschiedenen Farben hereinstrahlte. Er konnte sich an dem Farbenspiel nicht sattsehen. Vorne stand ein Tisch, auf dem er zwei brennende Kerzen und ein Buch erkennen konnte. Am befremdlichsten fand er jedoch die Skulptur eines Kreuzes, an dem ein Mann mit ausgebreiteten Armen hing. Er fröstelte. Die Steinwände strahlten eine unerwartete Kühle aus.

Plötzlich zuckte er erschrocken zusammen. Laute Musik ertönte, und die Gespräche verstummten. Es schien ihm, als würde die Musik den ganzen Raum erfüllen. Sie schwoll an und wurde dann wieder ganz leise. So etwas Schönes hatte er noch nie gehört. Vorsichtig drehte er sich um, denn die Töne schienen von hinten zu kommen. Im hinteren Kirchenraum gab es eine Art Balkon. Dort saß eine Frau, die ein Tasteninstrument bediente. So plötzlich wie die Musik eingesetzt hatte, hörte sie wieder auf. Martin, der in der ersten Reihe gesessen hatte und einen komischen schwarzen Umhang mit einem weißen Kragen trug, den er noch nie an seinem Pflegevater gesehen hatte, stand auf. Dann erhoben sich auch die anderen Besucher. Vath verstand wenig von dem, was sich in der folgenden Stunde abspielte, registrierte aber erstaunt, dass alle anderen genau wussten, was sie zu tun hatten, wann sie aufstehen und sich wieder setzen sollten, wann gesungen und wann gebetet wurde. So kopierte er einfach, was die Mitglieder seiner Pflegefamilie taten und bemühte sich, alles richtig zu machen. Die Fähigkeit, sich anzupassen und das Verhalten seiner Mitmenschen nachzuahmen, hatte er im Lauf seiner Flucht perfekt ausgebaut. Sie hatte ihm während der vergangenen Jahre geholfen zu überleben. So fiel ihm dies auch während des Gottesdienstes nicht schwer. Doch im Anschluss hatte er viele Fragen, die Martin geduldig beantwortete. Er erfuhr, dass dieser Mann, der dort vorne am Kreuz hing, ermordet wurde, obwohl er ein guter Mensch und gleichzeitig Gottes Sohn war. Das bedeutete für Vath eine ungeheuerliche Information, er nickte. Dass Menschen sich gegenseitig schreckliche Dinge antaten, das war eine Erfahrung, die er schon oft gemacht hatte. Mit Ungerechtigkeiten kannte sich er aus. Aber Gott musste sich eine solche Behandlung doch nicht gefallen lassen! Er war viel stärker als Menschen und konnte sich doch wehren. Viele Fragen blieben für ihn offen.

Im Sommer erklärte Dora Vath, dass sie, gemeinsam mit anderen Familien, in Urlaub in die Schweiz fahren würden, Urlaub – wieder einmal ein Wort, unter dem sich der kambodschanische Junge überhaupt nichts vorstellen konnte. Staunend betrachtete er das hektische Treiben im Pfarrhaus: Koffer und Rucksäcke wurden gepackt und ins Auto verladen. Auch Cathrin und Steffen rannten schon Tage vorher aufgeregt durch das Haus und packten einige wenige Spielsachen in einen kleinen Rucksack. Dann ging die Fahrt los. Im Ferienheim wurden sie mit großem Hallo von den anderen Familien empfangen. Beeindruckt betrachtete er die Landschaft und kam aus dem Staunen nicht mehr heraus: Solche hohen, schneebedeckten Berge hatte er noch nie gesehen.

„Morgen werden wir diesen Gipfel besteigen!"

Vath erschrak, als Martin auf einen hohen Berg zeigte.

Verständnislos schüttelte er den Kopf, als die anderen Kinder in Jubel ausbrachen.

„Das wird prima!" erklärte Steffen, „Du wirst schon sehen."

Er griff nach seinem Rucksack: „Den füllen wir morgen mit Essen und Trinken. Wenn wir ganz oben sind, dann machen wir Picknick."

Vath schaute ihn mit großen Augen an. Er verstand nicht so recht, wie man einen ganzen Tag gehen wollte, freiwillig, ohne Zwang. In den vergangenen Jahren war er lange Strecken zu Fuß unterwegs gewesen, oft unter großer Gefahr. Es hatte ihm nie Spaß gemacht. Doch Steffen strahlte ihn mit großer Vorfreude an. Er wollte seinem Pflegebruder den Spaß nicht verderben. Lächelnd nickte er, gespannt, was der folgende Tag bringen würde.

Tatsächlich ging es am nächsten Tag los durch den Wald hinauf Richtung Gipfel. Zweifelnd betrachtete Vath die Wandergruppe. Er wusste, dass er stark und belastbar war, und machte sich um sich selbst keine Sorgen, aber er fürchtete um das Wohl der kleinen Kinder. Wie konnten die Eltern ihre Kinder so sorglos der Gefahr aussetzen? Er hatte auf seiner Flucht erfahren, wie gefährlich Wanderungen sein konnten, es gab Schlangen, Bären und auch Tiger im Wald. Sicher kannten die Erwachsenen diese Gefahren nicht, sonst würden sie sich nicht so leichtsinnig auf den Weg machen. Vath beschloss, sich verantwortungsvoll an die Spitze der Wandergruppe zu setzen, damit er gefährliche Tiere schnell erkennen und die anderen schützen konnte. Beherzt schritt er aus und tastete mit seinen Augen immer wieder sorgfältig die Umgebung ab. Bald schloss sich ihm ein Mann an, der mit ihm die Vorhut bildete. Er unterhielt sich mit ihm, wenn es mit der Verständigung ein wenig haperte, weil Vaths deutscher Wortschatz nicht ausreichte, teilweise mit Händen und Füßen. Von den Urlaubern wurde sein Begleiter, mit dem er sich immer besser verstand, „Onkel Wiwu" genannt.

Onkel Wiwu konnte er von seinen Befürchtungen während der Wanderung erzählen. Er nahm ihn an der Hand, hörte zu. Er half ihm, wenn er unsicher war. Immer wieder schaute Vath ihn lächelnd an. Von Onkel Wiwu ging so viel Sicherheit und Freundlichkeit aus. Am Ende des Wanderurlaubs hatte Vath zu seiner großen Erleichterung zwar keine Bären, Tiger oder Schlangen gesehen, aber er hatte in Onkel Wiwu einen Freund gefunden, der ihn sein Leben lang begleitete und unterstützte.

Nur zu schnell gingen die schönen und erlebnisreichen Tage in der Schweiz zu Ende.

„Du solltest wie Steffen nach den Sommerferien die Schule besuchen", erklärte Martin.

Vath nickte seufzend. Das Thema Schule hatte er bisher erfolgreich aus seinen Gedanken verdrängt.

In Kambodscha hatte er nur wenig Lesen, Rechnen und Schreiben gelernt, denn die Roten Khmer hatten bei der Ausbildung der Kinder auf ganz andere Dinge Wert gelegt. Für sie waren Kinder Arbeitskräfte und Mittel, ihre Macht zu manifestieren, indem sie für politische und kriegerische Zwecke instrumentalisiert wurden. Daher hatte er nur Grundkenntnisse in Khmer, der kambodschanischen Landessprache, und in Rechnen.

„Wir haben mit dem Rektor der Schule, in die Steffen geht gesprochen“, erklärte Dora.

„Es ist wichtig, dass du Deutsch lesen und schreiben lernst, wenn du hier lebst.“

Wieder nickte Vath ergeben. Dora hatte recht. Aber ihm war bewusst, dass es kein leichter Weg sein würde, die deutsche Sprache mit ihrer Schrift, die so ganz anders war als die kambodschanische, zu lernen.

„Ich möchte gerne lernen. Aber ich weiß nicht, wie das gehen soll.“ Fragend schaute er seine Pflegeeltern an.

„Wir finden eine Lösung, du wirst schon sehen!“ Wieder einmal behielt Doras Optimismus die Oberhand.

Nach reiflichen Überlegungen wurde beschlossen, dass die dritte Klasse für ihn passend wäre. Zunächst schüttelte Vath zweifelnd den Kopf, diese Entscheidung verstand er überhaupt nicht. Er mit seinen 16 Jahren sollte mit Neunjährigen in dieselbe Klasse gehen?

„Ich bin doch viel älter als diese Kinder! Wie soll denn das funktionieren?“ fragte er Dora.

„Natürlich, das wissen wir. Aber du hast zu wenig Vorkenntnisse. In einer höheren Klasse kannst du dem Unterricht nicht folgen“, versuchte Dora ihn zu überzeugen. „Ich habe mit der Lehrerin geredet. Sie hat Verständnis für deine Situation. Du wirst sehen, es wird halb so schlimm.“

Vath nickte zögernd. Er hatte nur einen Teil von Doras Ausführungen verstanden.

Immer wieder führten sie Gespräche miteinander. Vath ließ sich nur schwer überzeugen, aber Dora und Martin waren in dieser Sache unerbittlich.

„Du musst lernen, sonst hast du keine Chance auf ein gutes Leben“, versuchten sie ihren kambodschanischen Pflegesohn zu überzeugen. Der schaute sie zweifelnd an. Schließlich versprach er, sich auf den Schulbesuch einzulassen. Bisher hatten sich die Ratschläge von Dora und Martin stets als hilfreich und sinnvoll erwiesen. Sie hatten es immer gut mit ihm gemeint. Jetzt hoffte er, dass es auch dieses Mal so sein würde.

Mit großen Vorbehalten machte er sich auf zur ersten Schulstunde. Die ersten Wochen waren voller Stolpersteine. Er begriff nur wenig von dem, was die Lehrerin vorne an der Tafel erklärte, denn er kannte weder die unbekannte Sprache noch die Schrift. Es kostete ihn jeden Morgen viel Überwindung, den Weg zur Schule anzutreten. Die Spiele, mit denen sich seine Mitschüler die Zeit in der Pause vertrieben, langweilten ihn, und er konnte den Späßen, die sie lustig fanden, nichts abgewinnen. Aber im Unterricht waren ihm die anderen weit voraus. Manchmal fühlte er sich, als wäre er in einem völlig falschen Film gelandet, in dem er seine Rolle nicht finden konnte. Doch Vath hatte in seinem bisher so unsteten Leben gelernt, sich an Widrigkeiten anzupassen und nicht so schnell aufzugeben.

„Du musst mit den Augen stehlen und abschauen, wie es die anderen machen, so lernst du am schnellsten“, hatte ihm seine Mutter beigebracht. An diesen Ratschlag erinnerte er sich wieder dankbar und beherzigte ihn. Er begann mit seinen Augen zu stehlen und konnte so mit den Startschwierigkeiten in der deutschen Schule umgehen, zumal die Kinder und seine Lehrerin sehr freundlich waren, ihm halfen und ihn unterstützten, wo sie nur konnten. Allmählich fand er seinen Platz in der Klasse und wider Erwarten erwies sich die Entscheidung, ihn in die Grundschule einzuschulen, als sehr gut.

Freitagnachmittags traf er sich mit anderen kambodschanischen Flüchtlingskindern, die, wie er, im Großraum Stuttgart eine neue Heimat gefunden hatten. Sie redeten, kochten Gerichte aus der Khmer-Küche und spielten oft Fußball zusammen. Eine Kambodschanerin, Frau Mom, die ebenfalls aus ihrem Heimatland fliehen musste, unterrichtete die Schüler liebevoll und mit viel Engagement. So gerieten ihre kambodschanischen Wurzeln und die Khmer-Kultur nicht völlig in Vergessenheit, und nebenher entwickelten sie beachtliche Fähigkeiten im Fußballspielen. Sie wurden eine richtig gute Fußballmannschaft. Die ganze Woche lebte er auf diesen Termin zu, der ihn für das mühselige Lernen an den anderen Tagen entschädigte.

Mit staunenden Augen nahm er einige Monate später wahr, wie im Pfarrhaus und in den Schulräumen Kerzen aufgestellt und Sterne an Fenster und Türen befestigt wurden. Abends wurden Lieder gesungen und eine Geschichte vorgelesen, die Vath jedoch, aufgrund seiner mangelnden Deutschkenntnisse nicht richtig verstand. Dora backte zusammen mit den Kindern Plätzchen. Mit großer Begeisterung machte Vath mit.

„Es ist Advent, und bald kommt Weihnachten", erklärte Steffen und strahlte. „Dann bekommen wir Geschenke."

Vath nickte. Dieses Fest mit seinen Vorbereitungen erinnerte ihn an das Neujahrsfest in seiner Heimat. Sehnsucht nach seiner Familie übermannte ihn. Dann atmete er tief durch. Jetzt war er hier in Deutschland. Wenn er sich von den Gedanken an die Vergangenheit überrollen ließ, hatte er keine Kraft für das Leben in der Gegenwart. Er lebte hier und jetzt, er durfte nicht zurückschauen.

Die Lichterpracht und die Weihnachtsdekoration in der Adventszeit überrumpelten ihn völlig. Kopfschüttelnd betrachtete er das Glitzern und die Hektik in den Straßen.

Dann kam der Heilige Abend. Sein Pflegebruder Steffen, mit dem er das Zimmer teilte, war schon am frühen Morgen ganz aufgeregt.

Das Wohnzimmer war mit einem Vorhang vor neugierigen Blicken geschützt. Stirnrunzelnd verfolgte Vath, wie Steffen immer wieder versuchte, einen Blick vom Wohnzimmer zu erhaschen. Als es dämmrig wurde, machte sich die ganze Familie auf zur Christvesper. Vath bewunderte den Christbaum, die Kerzen, die festlich gekleideten Menschen. Die feierliche Stimmung und die schönen Lieder berührten ihn und taten ihm gut. Still saß er neben Dora und ließ die Musik und die wohltuende Atmosphäre auf sich wirken. Während Steffen und die jüngere Schwester Cathrin kaum ihre Füße ruhig halten konnten und immer wieder miteinander flüsterten, versuchte er zu verstehen, was Martin vorne am Altar erzählte. Doch er begriff nur wenig von seinen Worten.

Im Anschluss an den Gottesdienst gab es ein leckeres Weihnachtsessen. Vath gingen fast die Augen über, als er die knusprige Weihnachtsgans auf dem Tisch sah. Für die beiden jüngeren Kinder konnte das Essen nicht schnell genug vorbei sein, während Vath jeden Bissen genoss. Schon jetzt war für ihn Weihnachten ein wunderschönes Fest. Noch schöner wurde es, als er später die Geschenke unter dem Weihnachtsbaum sah. Für ihn gab es einen neuen Pullover und neue Jeans. Die neuen

Kleider bedeuteten ihm sehr viel, denn die langen Jahre, in denen er in der dreckigen Khmeruniform durch den Dschungel gestreift war, steckten ihm immer noch in den Knochen.

Später erzählten ihm seine Pflegeeltern, dass Gott als Mensch auf die Erde kam und dass dies der Anlass für dieses schöne Fest war, eine Botschaft, die er zuerst verdauen musste. Aber dass Weihnachten ein tolles Fest war, darin war er mit Steffen und Cathrin einer Meinung.

Eine Woche später stand Silvester ins Haus. Erschrocken hörte Vath, wie Steffen begeistert von Raketen erzählte. Raketen kannte er nur vom Krieg. Er hatte gehofft, in Deutschland in Sicherheit zu sein. Würden ihn nun die furchtbaren Geschehnisse der vergangenen Jahre einholen? Immer wieder wachte er schweißgebadet laut schreiend auf, geweckt von seinen Albträumen, in denen ihn die Roten Khmer verfolgten und die Explosionen von Minen in den Ohren dröhnten. Das erste Silvester in seiner neuen Heimat wurde zu einem furchtbaren Tag, das Feuerwerk zu einem grauenvollen Erlebnis. Das Knallen der Raketen gellte in seinen Ohren, und die grellen Lichtblitze am Himmel waren für ihn unerträglich. Plötzlich waren die Minen und Granaten aus Kambodscha wieder auf erschreckende Weise präsent. Während sein Pflegebruder begeistert Raketen in leere Flaschen steckte, die sein Onkel Michael anzündete, und über das farbenprächtige Feuerwerk staunte, lag Vath zitternd in seinem Bett, steckte sich die Finger in die Ohren und zog sich die Bettdecke über den Kopf, bis der schreckliche Lärm vorüber war und das neue Jahr begann.

Für einen Moment gingen seine Gedanken nach Kambodscha. Wie es wohl seiner Familie ging? Ob dort auch

Neujahr gefeiert wurde? Doch dann verdrängte er die Gedanken wieder, das Hier und Jetzt forderte seine ganze Energie. Viel war im ersten so turbulenten Jahr in seiner Pflegefamilie passiert. Vath staunte über die unzähligen neuen Eindrücke, die auf ihn wie ein Regenschauer niederprasselten und die er oft kaum fassen konnte. Er beobachtete, wie seine neue Familie ihr Leben gestaltete, wie die Menschen miteinander umgingen, wie Konflikte ausgetragen wurden und wie ihr christlicher Glaube das Miteinander prägte.

Im Pfarrhaus klingelte das Telefon. Dora hörte die Stimme einer Missionarin, die in Indien arbeitete.

„Ihr habt euch doch vor einiger Zeit bereiterklärt, ein Kind aus Indien bei euch aufzunehmen, das in Not ist. Gilt dieses Angebot immer noch?“ fragte sie Dora. Ohne eine Antwort abzuwarten, fuhr sie fort: „In unser Kinderheim kam eine junge schwangere Frau. Sie fragte, ob sie hier ihr Kind zur Welt bringen darf. Aber sie kann das Baby nicht behalten. So etwas kommt in Indien häufig vor. Es braucht eine neue Bleibe. Ihr Wunsch ist es, dass das Kind in einer Familie leben darf, in der es genug zu essen hat und in der es ihm gut geht. Hier in Indien hat es keine Zukunft.“

Dora atmete kurz durch. Vath war gerade dabei, sich richtig einzuleben, und sie selbst war schwanger. Hatten sie als Eltern in dieser Situation noch Kraft für ein weiteres Kind? Ein klärendes Gespräch mit Martin zeigte: Ja, in ihrem Haus und in ihrem Herz war Platz für das Kind aus Indien. Im Juli brachte Dora ein kleines Mädchen, Christine, zur Welt. Im Oktober kam eine Ärztin, die für „Brot für die Welt“ in Indien unterwegs war, mit der kleinen Dana zur Familie Schultheiß.

Nun wurde das Leben im Pfarrhaus noch aufregender und ausgefüllter. Für Vath verging das erste Jahr in seiner Pflegefamilie wie im Flug. Es gab viel zu lernen und zu verarbeiten. Sein Leben änderte sich in rasantem Tempo. Manchmal schien es ihm, als würde es wie im Zeitraffer an ihm vorüberziehen, und er hatte Mühe mit den Veränderungen Schritt zu halten. Doch er bereute keinen Moment seine Entscheidung. In der Familie im kleinen Haus ging es oft sehr lebhaft, für Vaths Geschmack manchmal viel zu lebhaft, zu. Als drei Jahre später noch der jüngste Sohn, Micha, geboren wurde, schien das Pfarrhaus aus allen Nähten zu platzen. Vath liebte den jüngsten Familienzuwachs sehr. Wenn das kleine Baby seine Schreistunden hatte, was häufiger vorkam, war sein Pflegebruder zur Stelle und beruhigte ihn. Er liebte die Rolle, die er als großer Bruder innehatte und wurde zu einer großen Hilfe für seine Pflegemutter.

Vath war beeindruckt von der Nächstenliebe, die in dieser Familie ganz praktisch gelebt wurde. Er beobachtete seine Umwelt und hatte viele Fragen, die ihm Dora und Martin geduldig beantworteten. Dabei machte er die Erfahrung, dass der christliche Glaube, den er hier kennenlernte, so ganz anders war als der Buddhismus, den er in Kambodscha erlebt hatte. Im Laufe der Zeit wurde ihm klar: Dieser Gott der Christen war real, mit diesem Gott wollte er leben, und er beschloss, sich taufen zu lassen. Als Patenonkel suchte er sich Onkel Wiwu aus, der sich augenzwinkernd eine Bedenkzeit erbat und dann zu Vaths großer Freude gerne „ja“ sagte. An einem

Frühlingstag wurde er zusammen mit der kleinen Dana von seinem Pflegevater getauft.

Kurze Zeit später besuchte er mit seinem Bruder Steffen den Konfirmandenunterricht. Nun erfuhr er noch mehr über den christlichen Glauben, und er freute sich sehr, als er 1985 von seinem Pflegevater konfirmiert wurde. Sein Denkspruch, der ihn sein ganzes Leben lang begleiten würde, lautete: Jesus spricht: „Wer an mich glaubt, der hat das ewige Leben."

Zum großen Stolz der ganzen Familie konnte er 1987 erfolgreich seine Schulausbildung abschließen. Nun wollte er einen Beruf erlernen. Er fand einen Ausbildungsplatz als Installateur. Die praktische Arbeit entsprach seiner Begabung. Nicht immer machte ihm die Arbeit Spaß, aber er verdiente nun zum ersten Mal Geld. Stolz konnte er bei der Mutter von Dora eine kleine Wohnung beziehen. Es war ein großer Schritt in die Selbstständigkeit. Er begann, sich in Deutschland sein eigenes Leben aufzubauen.

ជីវិត

Vath

1988

Ein offizieller Brief vom Roten Kreuz sollte einen ganz neuen Abschnitt im Leben von Vath einläuten.

Mit großen Augen betrachtete er das Schreiben, das ihm seine Pflegeeltern, die er längst Mama und Papa nannte, überreichten. Was es wohl bedeutete? Ob es gute oder schlechte Nachrichten beinhaltete? Zögernd nahm er den Brief in die Hand und öffnete den Umschlag.

Zwei aufregende Neuigkeiten wurden dem jungen Kambodschaner mit trockenen Worten mitgeteilt. Fragend schaute er seine Pflegeeltern an. Hatte er richtig gelesen? Stimmte es, was ihm hier mitgeteilt wurde?

Im ersten Teil des Schreibens erklärte das DRK, seine Eltern seien gefunden worden und lebten wohlbehalten in ihrem Dorf. Es bestand sogar die Möglichkeit, sie zu besuchen. Welch wunderbare Nachrichten! Vath musste schlucken. Er spürte einen dicken Kloß im Hals. Viele Jahre hatte die Ungewissheit über das Schicksal seiner Familie sein Leben überschattet. Nun endlich, nachdem er kaum mehr zu hoffen gewagt hatte, jemals etwas über seine Angehörigen zu erfahren, traf diese positive Nachricht ein. Seine Eltern und Geschwister lebten! Nach so vielen Jahren tat sich vielleicht sogar eine Möglichkeit auf, seine Familie wiederzusehen und zu hören, wie es ihnen ging und wie sie die Schreckensherrschaft überlebt hatten. Er konnte sein Glück kaum fassen, Tränen der Freude liefen über sein Gesicht. Dann las er den zweiten Teil des Briefes. Hier brauchte er die Hilfe seiner Pflegeeltern, um zu begreifen, was ihm mitgeteilt wurde.

Nach den Wirren des Krieges und der Schreckensherrschaft der Roten Khmer war es nicht leicht, eine Einreisegenehmigung für Kambodscha zu erhalten. In dem kommunistischen Land gab es nicht einmal eine Botschaft der Bundesrepublik Deutschland. So hatte das Internationale Rote Kreuz seine Verbindungen spielen lassen und nach einer Möglichkeit gesucht, den jungen Kambodschanern aus Deutschland eine Reise in ihre Heimat zu ermöglichen. Das Rote Kreuz setzte alle Hebel in Bewegung und fand eine Lösung.

Die fußballerischen Fähigkeiten und die Begeisterung der kambodschanischen Jugendlichen für diesen Sport hatten sich über die deutsche Landesgrenze hinaus herumgesprochen. Ein Fußballspiel zwischen den jungen Kambodschanern aus Deutschland und einer kambodschanischen Mannschaft wurde anberaumt und organisiert. Eine französische Hilfsorganisation erklärte sich sogar bereit, die Reise zu sponsern und die Fußballmannschaft mit Trikots auszustatten. Im Anschluss an das Sportevent sollten die Jugendlichen die Möglichkeit haben, ihre Familien zu treffen. Was für eine unglaubliche Geschichte! In Vaths Ohren klang sie fast wie ein Märchen.

In seinem Kopf überschlugen sich die Fragen und Vorstellungen, was diese Reise für seine Zukunft bedeuten könnte. Er konnte kaum noch vernünftig denken, wenn er daran dachte. Hoffen und Bangen hielten sich die Waage. Was für eine wunderbare Aussicht, die Eltern und die Heimat wiederzusehen. Und doch spürte er ganz tief in seinem Inneren viele Vorbehalte, die ihm Angst machten: Wie würde er seine Familie und sein Land nach diesen schrecklichen Erlebnissen antreffen? Wie würde seine Heimat aussehen, nach den Jahren des Krieges? Schließlich suchte er das Gespräch mit seinen Pflegeeltern.

„Ich freue mich auf die Reise in meine Heimat, aber es macht mir auch Angst", versuchte er seine Gefühle zu beschreiben.

„Sie bedeutet viel mehr als eine Urlaubsreise, sie wird dich mit deiner Vergangenheit konfrontieren."

Vath nickte zögernd. Ihm lag noch mehr auf dem Herzen:

„Der Besuch wird unter Umständen meine Zukunft grundlegend verändern. In unserer Kultur suchen die Eltern die Ehepartner ihrer Kinder aus. Wenn ich meine Eltern wiedersehen werde, dann werden sie möglicherweise dieser Verantwortung gerecht werden und für mich eine Ehefrau auswählen…"

Dora und Martin schwiegen einige Zeit. Diese Möglichkeit hatten sie noch gar nicht in Betracht gezogen.

„Aber du hast so lange hier in Deutschland gelebt und hast gesehen, wie die Menschen hier leben, kannst du dir eine arrangierte Ehe für dich vorstellen?"

Vath zuckte ratlos mit den Schultern.

„Ich weiß es nicht."

Er wusste so vieles nicht, wenn er an die kommenden Wochen dachte. Plötzlich lag seine Zukunft, die bis vor kurzem klar vorgezeichnet schien, vor ihm verborgen und ungewiss wie hinter einer dichten Nebelwand.

Viel zu schnell vergingen die Vorbereitungen für die große Reise, und die jungen Kambodschaner bestiegen das Flugzeug, das sie via Bangkok nach Phnom Penh bringen sollte.

Für einen kurzen Moment stahl sich die Erinnerung in Vaths Gedanken, wie er vor fast zehn Jahren voller Angst und Unsicherheit in Bangkok zum ersten Mal in seinem Leben ein Flugzeug bestiegen hatte und einige Stunden später in Deutschland angekommen war. Die Furcht vor der ungewissen Zukunft hatte sich wie eine schwarze Decke auf sein Gemüt gelegt. Damals hatte er von einem Tag auf den anderen gelebt, einzig getrieben von dem Wunsch, einfach nur zu überleben. Wieviel hatte sich seitdem verändert. Er hatte eine Hoffnung und eine Zukunft gefunden für sein Leben.

សូមអរគុណ

Nun war er auf dem umgekehrten Weg, von Deutschland nach Kambodscha. Forschend schaute er in die fröhlichen Gesichter seiner Mitreisenden. Sie schienen sich weniger Gedanken zu machen und sich einfach auf das Abenteuer, das vor ihnen lag, zu freuen. Vielleicht war das besser so. Er ließ sich von ihrem fröhlichen Treiben und der ausgelassenen Stimmung anstecken und suchte sich lachend seinen Sitzplatz.

In Phnom Penh waren sie in einem Gästehaus untergebracht. Die französische Hilfsorganisation stellte für die jungen Fußballspieler schöne Trikots zur Verfügung, die sie mit Stolz trugen, während sie, wie in den letzten Jahren in Deutschland, mit viel Spaß zusammen kickten, um sich auf das große Spiel vorzubereiten. Der Informationsfluss von Kambodscha nach Deutschland war etwas spärlich ausgefallen. Wer würde wohl die gegnerische Mannschaft sein? Sie mussten sich überraschen lassen.

Als sie erfuhren, dass sie im Olympiastadion spielen sollten, wurde es ihnen etwas mulmig zumute, waren sie doch nur eine Gruppe von Freizeitkickern, die es durch jahrelange Praxis auf Schulhöfen und Dorfwiesen zu einem gewissen Können gebracht hatten. Noch nie hatten sie in einem Stadion gespielt. Und nun sollte der erste offizielle Auftritt gleich in einem Olympiastadion stattfinden? Erschrocken schauten sich die Jungen an. Plötzlich nahm das ganze Unternehmen ungeahnte Ausmaße an.

Doch das sollte nicht die einzige Überraschung des Tages bleiben. Hinterher wusste niemand mehr, wie es zu der Fehlinformation kommen konnte. Bereits Wochen vor dem Ereignis hatte es in der Hauptstadt Karten für das Fußballspiel Deutschland – Kambodscha zu kaufen gegeben. Bald war das ganze Stadion ausverkauft, und viele Menschen zahlten auf dem Schwarzmarkt hohe Preise, um eine Karte zu ergattern. Auch auf dem Finanzamt in Phnom Penh wurden die Karten für das Fußballspiel verkauft, doch Mary schüttelte nur den Kopf. Für so etwas hatte sie kein Interesse.

Das Spiel wurde in dem vom Krieg gebeutelten Land zur Attraktion des Jahres, die Menschen freuten sich auf die Abwechslung in ihrem tristen und von Mangel und Entbehrung überschatteten Alltag. Die Erwartungen an das junge Fußballteam waren riesig.

Zum Glück kannten die Jungs aus Deutschland die hohen Erwartungen, die an sie gestellt wurden, nicht, sonst hätten sie wohl Reißaus genommen. Als sie voller Stolz das Stadion betraten, kamen sie aus dem Staunen nicht mehr heraus. 50 000 Kambodschaner jubelten ihnen zu, und die kambodschanische Nationalmannschaft erwartete sie. Nicht einmal in ihren kühnsten Träumen hätten sie sich so ein Szenario vorstellen können. Begeistert und mit vor Aufregung zitternden Knien liefen sie unter dem frenetischen Jubel der Zuschauer auf den Platz.

Der Schreck fuhr den aus Deutschland angereisten jungen Männer jedoch in alle Glieder, als sie merkten, dass der Jubel eigentlich gar nicht ihnen galt. Anstatt einer zusammengewürfelten Gruppe von Hobbykickern hatten die Zuschauer eigentlich die deutsche Nationalmannschaft erwartet. So war es ihnen beim Kauf der Eintrittskarten versprochen worden. Als sie jedoch merkten, dass an Stelle von Klinsmann, Völler und Co eine zusammengewürfelte Mannschaft von Jugendlichen das Feld betrat, änderte sich die Stimmung innerhalb weniger Minuten. Aus dem Jubel hörte man immer mehr Pfiffe heraus. Das konnte nur zu einem Fiasko führen!

Vath spürte, wie seine Knie weich wurden. Er schaute sich um und sah die betretenen Gesichter seiner Freunde. Wie begeistert waren sie in Deutschland von der Aussicht auf ein Fußballspiel in der Heimat gewesen! Jetzt mussten sie gute Miene zu der Veranstaltung machen und ihr Bestes geben. Alle ihre Energie und ihr Können setzten sie ein. Doch das Beste war einfach nicht gut genug. Die kambodschanische Nationalmannschaft war ihnen haushoch überlegen. Sang- und klanglos gingen sie unter und verloren 1:5. Mit gesenkten Köpfen verließen sie unter den Pfiffen der enttäuschten Zuschauer das Stadion.

Mary und Vath

Der vermeintliche Höhepunkt der Reise, das große Fußballspiel, hatte sich als herbe Enttäuschung entpuppt. Jetzt wartete Vath aufgeregt auf den wichtigsten Termin: das Wiedersehen mit seinen Eltern nach über zehn Jahren.

Ein Tuktukfahrer brachte ihn auf seiner Motorradrikscha zum Büro des Internationalen Roten Kreuzes, wo seine Eltern ihn erwarteten. Ein Besuch in seinem Heimatdorf, so wurde ihm erklärt, wäre viel zu gefährlich. Dort lauerten überall Minen, und die Soldaten der Roten Khmer versteckten sich noch immer im Dschungel und terrorisierten von dort die Bevölkerung, überfielen Dörfer und entführten die Bewohner. Außerdem gab es in dem Dorf weder fließendes Wasser noch elektrischen Strom. Während sich die Hauptstadt Phnom Penh in den vergangenen Jahren weiterentwickelt und zumindest teilweise ein Wiederaufbau stattgefunden hatte, war das restliche Land noch immer geprägt von den drei Jahren, acht Monaten und 20 Tagen Schreckensherrschaft der Roten Khmer.

Vath saß aufgeregt hinter dem Fahrer und konnte die Ankunft kaum erwarten. Vor Nervosität nahm er nur wenig von seiner Umgebung wahr.

Endlich hatten sie das Ziel, das Büro des ICRC erreicht. Schon von weitem konnte er seine Eltern erkennen, die einen 70 Kilometer langen Fußmarsch auf sich genommen hatten, um ihn zu treffen. Zögernd ging er auf sie zu. Die schweren Jahre hatten sie gezeichnet. Vath erschrak über die verhärmten und zerfurchten Gesichter, doch die Freude über das Wiedersehen strahlte aus ihren Augen. Schnell waren alle Skepsis und Zurückhaltung und alle Fremdheit zwischen ihnen verflogen.

Voller Stolz betrachtete Vaths Mutter ihren Sohn. Vorsichtig, als könnte sie kaum fassen, dass er tatsächlich vor ihr stand, nahm sie ihn in den Arm.

„Ich habe geglaubt, ich würde dich nie wiedersehen", sagte sie. „Die Khmer-Soldaten brachten mir eine blutverschmierte Uniform und erklärten, du wärest tot, und nun stehst du vor mir, und ich sehe, dass es dir gut geht! Für mich ist das wie ein Wunder!"

Unglaublich viel gab es zu erzählen, und die Zeit verging wie im Flug. Bald war die alte Vertrautheit aus Kindheitstagen wieder da.

„Wie geht es meinen Geschwistern? Wie haben sie die schreckliche Zeit überlebt", Vath traute sich kaum zu fragen aus Furcht vor der Antwort seiner Eltern.

„Deinem ältesten Bruder und deinen Schwestern geht es gut."

Er spürte, dass eine Mutter zögerte, schaute sie schweigend an und wartete. Ein Schatten fiel auf ihr Gesicht, und Vath sah Tränen in ihren Augen.

„Aber dein jüngerer Bruder hat sich den Roten Khmer angeschlossen. Er ist verschwunden. Wir haben Angst, dass er sich immer noch im Dschungel versteckt. Es gibt so viele Kämpfer, die die neue Zeit noch nicht verstanden haben und immer wieder Angriffe ausführen. Es ist so schlimm."

Drei Tage hatte Vath Zeit für das Treffen mit seinen Eltern, die in einem Hostel, das vom ICRC, organisiert worden war, untergekommen waren. Es war eine ausgefüllte Zeit voller interessanter Begegnungen. Am zweiten Tag hatte die Mutter eine Überraschung für Vath bereit.

„Wir sind eingeladen bei meiner Pflegetochter hier in Phnom Penh", erzählte sie stolz.

„Ich habe eine Pflegeschwester?" Fragend schaute Vath seine Eltern an. Es gab viele Überraschungen und Informationen, die er in diesen Tagen verarbeiten musste.

„Ja, sie kam eines Tages zu mir und brauchte meine Hilfe als Hebamme. Sie war schwanger, und da sie nicht verheiratet war, war sie von ihrer Familie verstoßen worden. Sie wusste nicht, wohin sie sich in ihrer Not wenden sollte. Ich half ihr, das Kind zur Welt zu bringen und nahm sie als meine Pflegetochter auf", erzählte die Mutter.

Vath schloss für einen Moment die Augen. Was für eine unglaubliche Geschichte. Während er in Deutschland Hilfe und Unterstützung bei seinen Pflegeeltern erhalten und so wieder Lebensmut gefunden hatte, hatte seine Mutter in Kambodscha dieselbe Aufgabe für ein hilfsbedürftiges Mädchen übernommen. Dankbar drückte er die Hand seiner Mutter.

„Sie lebt inzwischen mit ihrem Kind hier in der Stadt und arbeitet als Näherin."

Zusammen mit seiner Mutter machte sich Vath auf zu dem verabredeten Besuch. Mit seiner Pflegeschwester verstand er sich von Beginn an sehr gut. Sie lachten und scherzten zusammen und genossen die unbeschwerte Stimmung, die sich rasch einstellte. Plötzlich zwinkerte die Frau scherzhaft mit dem Auge und sagte:

„Magst du eine schöne und kluge Frau kennenlernen?"

„Warum nicht? Schön und klug hört sich gut an. Diese Reise hat schon viele Überraschungen gebracht", antwortete Vath etwas erstaunt.

„Warte noch eine halbe Stunde, dann kommt sie", sagte Vaths Mutter etwas nervös und zog ein Foto aus der Tasche.

Vath betrachtete das Bild. Es zeigte eine hübsche Frau, die den Betrachter freundlich anlächelte. Das Bild war offensichtlich anlässlich des kambodschanischen Frauentags am 8. März aufgenommen worden.

„Das ist die Tochter meiner Freundin Sarun", erklärte ihm seine Pflegeschwester.

Fragend schaute Vath seine Mutter an. Er hatte es erwartet und auch ein wenig befürchtet: Es war kein Zufall, dass seine Mutter ein Bild dieser Frau besaß, das war ihm sehr schnell klar. Seine Eltern hatten eine Frau für ihn ausgesucht, so wie es die kambodschanische Tradition verlangte. Doch sein Leben hatte sich verändert. Er war nicht mehr der kleine kambodschanische Dorfjunge. Er war in den vergangenen Jahren von ganz neuen Erfahrungen geprägt worden. Es war wichtig, dass seine Eltern verstanden, dass er in Deutschland eine völlig andere Lebensgrundlage gefunden hatte.

„Ich muss euch etwas sagen." Er räusperte sich. „Ihr müsst wissen, dass ich kein Buddhist mehr bin. Ich bin in Deutschland Christ geworden. Ich glaube an Jesus Christus. Dieser Glaube ist sehr wichtig für mich geworden."

Die Mutter griff nach Vaths Hand.

„Für uns ist das in Ordnung. Du darfst glauben, was immer du für richtig hältst. Wir sehen, dass es dir gut geht, und das freut uns sehr."

Er atmete erleichtert auf. Wie gut, dass seine Eltern seinen Glauben akzeptierten und dass er Klarheit geschaffen hatte. Er wollte nicht, dass auf diesem Wiedersehen ein Schatten lag.

„Ich freue mich darauf, die junge Frau kennenzulernen. Kannst du mir noch mehr von ihr und ihrer Familie erzählen?"

„Ihre Geschichte ist sehr traurig. Sie hat in den vergangenen Jahren viel durchgemacht. Ihr Vater und ihre Geschwister starben während der Schreckensherrschaft. Jetzt lebt sie alleine mit ihrer Mutter hier in der Hauptstadt."

Vath schaute seine Mutter betroffen an. Ihm tat die junge Frau leid. Er würde ihr sehr gerne helfen.

សូមអរគុណ

Die Mutter trug ihr schönstes Kleid und ihren besten Schmuck. Mary staunte nicht schlecht, als sie sah, wie aufwendig sich Sarun für den Besuch bei ihrer Freundin zurechtmachte. Noch immer legte sie Wert auf ein gepflegtes Aussehen und auf gute Kleidung. Das schätzte Mary an ihrer Mutter sehr.

„Du solltest dich auch ein wenig hübsch machen für den Besuch“, forderte die Mutter ihre Tochter auf.

Mary zuckte mit den Schultern. Es war doch nur ein Besuch bei der Freundin ihrer Mutter, die sich immer freute, wenn sie kamen. Aber als folgsame Tochter gab auch sie sich etwas Mühe mit ihrem Äußeren und bürstete sorgfältig ihre Haare, die sie seit einigen Wochen dank einer Dauerwelle modisch gelockt trug.

Gemeinsam machten sie sich auf den Weg. Als ihnen die Tür geöffnet wurde, staunte Mary nicht schlecht: In der Wohnung befanden sich mehrere Gäste, und es ging lebhaft zu. Eine ältere Kambodschanerin und ein junger Mann, die ihr beide unbekannt waren, saßen am Tisch. Die Stimmung schien fröhlich und ausgelassen zu sein. Obwohl der Mann wie ein Kambodschaner aussah, schien er mit der Sprache Probleme zu haben. Immer wieder fragte er nach, und wenn er redete, hatte er einen seltsamen Akzent.

„Mein Name ist Vath. Ich wohne in Deutschland und besuche zurzeit meine Eltern“, erklärte er.

Während sich die Leute im Raum munter unterhielten und das Gespräch vor sich hinplätscherte, nutzte Mary die Zeit, den Besucher genauer zu mustern. Er sah sympathisch aus und schien ein freundlicher Mensch zu sein. Seine dunklen Locken gefielen ihr.

„Wir spielten Fußball im Olympiastadion", erzählte er, und in seiner Stimme schwang ein wenig Stolz mit.

Mary lachte: „Ihr wart das. Ich habe bei uns auf dem Amt auch Karten verkauft, sie waren sehr begehrt, und das Stadion war wohl ausverkauft. Mein Kollege war als Zuschauer dabei. Er sagte, eure Mannschaft habe gespielt wie leere Flaschen!"

Jetzt stimmten alle in Marys Lachen ein, und es wurde ein sehr vergnüglicher Nachmittag.

Am Abend saßen Mary und Sarun in ihrem kleinen Wohnzimmer beisammen und ließen den Tag nochmals Revue passieren.

„Ich muss etwas mit dir bereden"

Mary erschrak, als sie den ernsten Unterton in der Stimme ihrer Mutter wahrnahm. Sie liebte ihr Leben, so wie es war. Inzwischen waren sie umgezogen und wohnten zu zweit in einer schönen Wohnung. Sie hatten es wieder zu einem bescheidenen Wohlstand gebracht, und täglich kam eine Haushaltshilfe, die ihre Wohnung sauber hielt. Mary war dankbar, dass ihr Dasein in ruhigen Bahnen verlief. Sie brauchte nach den schrecklichen Jahren, die hinter ihnen lagen, keine aufregenden Veränderungen mehr. Sie zog die Augenbrauen hoch und wartete auf die Neuigkeiten, die ihre Mutter offensichtlich zu berichten hatte.

Die Mutter machte eine Pause und schaute ihre Tochter erwartungsvoll an.

„Vaths Mutter und ich sind bereits vor einigen Wochen übereingekommen, dass ihr heiraten werdet."

Mary hielt für einen Augenblick die Luft an und starrte ihre Mutter fassungslos an.

„Aber er lebt doch in Europa und macht nicht den Eindruck, als wolle er zurück nach Kambodscha ziehen." Ihr Herz klopfte zum Zerspringen, als sie die Tragweite der Aussage ihrer Mutter erfasste. „Du willst, dass ich weggehe?

Nach all dem, was wir zusammen durchgemacht haben, willst du, dass ich gehe?"

„Ja. Das ist deine Chance. Hier in diesem kaputten Land gibt es keine Zukunft für dich."

„Aber du kannst doch nicht alleine bleiben. Ich lasse dich nicht alleine zurück. Niemals." Jetzt liefen Tränen über Marys Wangen.

„Doch, ich kann alleine leben. Ich habe drei meiner Kinder verloren. Ich will, dass du weiterlebst. Ich will, dass du diese Chance ergreifst und mit diesem jungen Mann nach Europa reist als seine Ehefrau."

Mutters Entschluss schien festzustehen, auch wenn ihre Stimme ein wenig zitterte. Fassungslos schaute Mary ihre Mutter an. Sie wusste, was von ihr erwartet wurde. Sie wusste, als folgsame Tochter musste sie gehorchen. Doch dieses Mal schien das, was ihre Mutter von ihr verlangte, zu schwer zu sein.

សូមអរគុណ

Am folgenden Nachmittag stand Vath vor der Wohnungstür, um Sarun und Mary zu besuchen. Erstaunt schaute Mary den jungen Mann an. Der Besuch eines alleinstehenden jungen Mannes bei einer jungen Frau war in Kambodscha unüblich und entsprach überhaupt nicht der Tradition. Dieser Mann schien wirklich sehr außergewöhnlich zu sein.

„Ich weiß, in Kambodscha vereinbaren die Mütter, wen ihre Kinder heiraten sollen und handeln die Konditionen aus. Aber ich lebe in Deutschland. Dort reden die jungen Leute direkt miteinander. Deswegen bin ich hier und nicht meine Mutter“, erklärte Vath und wandte sich an Sarun. „Ich würde Mary gerne heiraten und mit nach Deutschland nehmen.“

Sarun nickte erfreut.

„Das wäre schön und gut für Mary“

Mit steinerner Miene hörte Mary zu, wie die Mutter mit Vath Pläne für ihr zukünftiges Leben schmiedete. Sie selbst konnte sich dies alles überhaupt nicht vorstellen, ärgerte sich maßlos über das Gespräch und wusste doch, dass sie als Tochter wenig zu sagen hatte.

Am Nachmittag machten sich Mary und Vath auf zum Markt. Es wurde ein sehr lustiger Ausflug, zumal Vath immer wieder mit Sprachproblemen zu kämpfen hatte. Es gab viel zu lachen und zu erzählen. Mary konnte nicht genug über das Leben in Deutschland erfahren, und Vath staunte über das lebhafte Treiben, das sich ihm bot.

Am folgenden Tag kam Vath nochmals zu Mary und Sarun, um sich zu verabschieden. Sein Flug war gebucht, und er musste wieder zurück nach Deutschland fliegen.

„Ich werde meine Ausbildung in zwei Jahren beenden, dann komme ich zurück, um dich zu heiraten“, versprach er Mary.

Sarun war glücklich und überzeugt, gut für Marys Zukunft gesorgt zu haben, doch diese schüttelte unwillig den Kopf.

„Ich kenne diesen Mann überhaupt nicht. Woher soll ich wissen, ob ich ihm vertrauen kann? Das ist kein guter Plan“, erklärte sie ihrer Mutter immer wieder, doch diese ließ sich nicht beirren.

„Ich bin alt und werde vielleicht bald sterben. Dann wirst du alleine sein. Hier in Kambodscha ist das Leben schrecklich. In Deutschland wirst du eine Zukunft haben. Außerdem“, jetzt stahl sich ein schelmisches Grinsen auf Saruns Gesicht, „seid ihr euch ja sehr ähnlich. Er hat schwarze Locken, und du trägst dein Haar seit einiger Zeit auch gelockt.“

សូមអរគុណ

In den folgenden Jahren erklärte Sarun allen Männern, die sich um eine Heirat mit Mary bemühten:

„Meine Tochter ist bereits vergeben. Sie ist einem anderen Mann versprochen!“

Mary ärgerte sich unglaublich über das Verhalten ihrer Mutter. Woher sollte sie wissen, ob sie Vath vertrauen konnte, ob er überhaupt nochmal nach Kambodscha zurückkam? Möglicherweise hatte er sie vergessen und lebte in Deutschland ohne einen Gedanken an sie zu verschwenden.

Sie war bald 25 Jahre alt, und wenn die Mutter weiterhin so starrsinnig an Vath festhielt und alle anderen Bewerber abwies, dann würde sie vielleicht nie heiraten können.

Mary schrieb viele Briefe nach Deutschland und bekam auch Antwort von Vath. Sie freute sich jedes Mal, wenn sie Post erhielt. Manchmal konnten sie sogar miteinander telefonieren. Sie hatte an ihrer Arbeitsstelle einen Telefonanschluss, der es ihr ermöglichte, in Deutschland anzurufen. Die Telefongespräche waren stets etwas ganz Besonderes. Obwohl dadurch ein reger Kontakt zwischen Mary und Vath bestand und sie sich auf diese Weise auch näher kennenlernten, konnte sie sich ein Leben an seiner Seite in Deutschland überhaupt nicht vorstellen. Vieles, von dem er berichtete, lag schlichtweg außerhalb ihres Vorstellungsvermögens.

„Kann ich diesem Mann, den ich nur drei Tage gesehen habe wirklich vertrauen?“ Diese Frage trieb sie Tag und Nacht um, und sie fand keine Antwort.

Nach zwei Jahren kam ein dicker Brief aus Deutschland.

Ich wollte dich eigentlich in diesen Monaten besuchen und wie versprochen heiraten. Doch leider ist etwas dazwischengekommen. Für einen Moment setzte Marys Herz aus. War jetzt alles aus? Hatte Vath seine Meinung geändert? Sie hatte es geahnt und befürchtet: Es war falsch gewesen, ihm zu vertrauen! Schließlich traute sie sich weiter zu lesen:

Mein Kopf war voller Gedanken an dich und voller Liebe. Das hat mich daran gehindert, genug zu lernen, deshalb habe ich meine Abschlussprüfung nicht bestanden. Ich muss noch ein zusätzliches Jahr zur Schule gehen. Wir werden die Hochzeit um ein Jahr verschieben müssen. Es tut mir leid.

Mary atmete tief durch. Er hielt sich an sein Versprechen. Sie hatten bereits zwei Jahre gewartet, ein weiteres Jahr war unter diesen Umständen kein Problem. Im

Gegenteil, sie würde ein weiteres Jahr gewinnen, das sie in Phnom Penh bei ihrer Mutter verbringen durfte.

Das stört mich nicht, schrieb sie in ihrem Antwortbrief. Unsere Liebe ist wie ein guter Wein. Je länger er lagert, desto so besser ist er, und sie hoffte sehr, dass dies auch der Wahrheit entsprach.

សូមអរគុណ

Drei Tage lang hatten Mary und Vath 1988 die Möglichkeit gehabt, sich kennenzulernen. Drei Jahre mussten sie auf ihr Wiedersehen warten. Im Sommer 1991 war es endlich soweit. Zusammen mit seinem Patenonkel Wiwu landete Vath ein zweites Mal auf dem Flughafen von Phnom Penh.

Dann begann ein Besuchermarathon bei den verschiedenen Behörden Phnom Penhs. Glücklicherweise wurde Vath von Onkel Wiwu unterstützt. Es dauerte einige Wochen, bis endlich alle notwendigen Papiere für die Hochzeit beieinander waren. Noch niemals vorher hatte, soweit den Behörden bekannt war, ein Mann mit deutscher Staatsangehörigkeit eine kambodschanische Frau geheiratet.

In dieser komplizierten Situation war Onkel Wiwu eine große Hilfe. Er verhandelte mit den Ämtern und half bei den vielen Besorgungen, die Vath zu tätigen hatte. Dass ihm Onkel Wiwu die nötigen Geldbeträge auslieh, die die verschiedenen Ämter für die Ausstellung der Papiere verlangten, würde Vath ihm nie vergessen. Auch bei dem Kauf eines angemessenen Hochzeitsgeschenks, Vath entschied sich für ein wertvolles Collier, wurde er von seinem Patenonkel unterstützt.

Am 9.8.1991 war der große Tag da. Sarun hatte 400 Gäste eingeladen, um die Hochzeit, die ja gleichzeitig auch das Abschiedsfest von Mary war, zu feiern. Die Zeremonie verlangte, dass Mary immer wieder andere Kleider trug. Sie sah in ihren verschiedenen Kleidern wunderschön aus. Vath konnte kaum die Augen von ihr lassen.

Doch in Marys Gedanken schlichen sich immer wieder Zweifel und Angst, wenn sie an die ungewisse Zukunft in diesem fremden Land Deutschland dachte.

„Ich glaube an Gott und richte mein Leben nach den zehn Geboten aus, so wie es mir meine Pflegeeltern in Deutschland beigebracht haben. Dazu gehört, dass ich ehrlich bin. Du kannst mir vertrauen“, hatte ihr Vath erzählt, als sie ihre Zukunftsängste angedeutet hatte. Konnte sie das wirklich? Ihm vertrauen?

Vier Tage wurde gefeiert, mit wunderbarem Essen und viel Musik. Noch nie in seinem Leben hatte Vath ein solches Fest erlebt. Aber am folgenden Tag musste Mary sich unter Tränen von ihrer Mutter verabschieden. Die Trennung fiel ihr unglaublich schwer. Wann würde sie ihre Mutter wiedersehen?

Oft hatte Mary in den vergangenen Monaten erlebt, dass sich Kambodschaner aus ihrem Bekanntenkreis verabschiedet hatten, um in ein anderes Land, meistens die USA, auszuwandern. Die allermeisten von ihnen waren jedoch kurze Zeit später wieder zurückgekehrt, da sie keine Einreisegenehmigung erhalten hatten. Würde es ihr auch so ergehen? Vom Botschafter hatte sie einen Passierschein nach Bangkok erhalten, dort sollte sie sich an den Vertreter der Bundesrepublik Deutschland wenden. Ob dieser Plan funktionieren würde?

Zaghaft bestieg sie zusammen mit Vath das Flugzeug, das sie nach Bangkok und am folgenden Tag nach Frankfurt bringen sollte. In Thailand nahmen sie sofort Kontakt auf zur deutschen Botschaft.

„Wir werden morgen mit den notwendigen Papieren am Flughafen sein", versprach der Botschafter.

Nach einer unruhigen Nacht im Flughafenhotel fand sich das junge Paar schon früh in der Abflughalle ein. Als sie ihre Papiere vorlegten, wurden sie sofort getrennt. Mit Schrecken musste Mary erleben, wie ihr Mann mit seinem deutschen Pass sofort durch die Kontrolle geführt wurde, während sie, ohne gültige Papiere, in einen kleinen Warteraum bugsiert wurde.

Sie wartete Stunde um Stunde. Ihr Koffer war bereits aufgegeben und ihr Ehemann verschwunden. Der mit dem Botschafter verabredete Zeitpunkt war längst verstrichen. Sie war überzeugt: Sie würde Vath nie wiedersehen. Das Flugzeug nach Deutschland würde ohne sie abfliegen. Was um alles in der Welt sollte sie nun hier, ganz alleine und verlassen in Bangkok tun? Als sie schon alle Hoffnung aufgegeben hatte, klopfte es an die Tür, und atemlos trat der deutsche Botschafter mit einer thailändischen Übersetzerin ein.

„Es tut uns so leid, aber wir hatten unterwegs einen Unfall."

Mary atmete erleichtert auf. In aller Eile wurden die nötigen Papiere fertiggestellt und unterschrieben. Sie nahm die Übersetzerin freudig in den Arm

„Danke, danke", flüsterte sie und rannte zum Gate, wo Vath, krank vor Ungeduld, wartete.

Dann bestiegen sie endlich gemeinsam das Flugzeug, um sich in ihre neue Zukunft aufzumachen.

In Frankfurt wurden sie von Freunden empfangen, die ein kleines Begrüßungsfest veranstalteten. Mary surrte bereits am ersten Tag der Kopf. Sie verstand nichts, das Essen war ihr fremd und obwohl es August war, fror sie ständig, denn es war viel kälter als in ihrer Heimat. Sie hatte Sehnsucht nach ihrer Mutter, und das Heimweh überwältigte sie. Sie hatte sich für diesen Weg entschieden, nun musste sie ihn Schritt für Schritt gehen. Ob sie sich in diesem fremden Land jemals wohlfühlen würde? Die Antwort auf diese Frage lag wie jede Antwort in der Zukunft.

សូមអរគុណ

Vaths Pflegemutter Dora half Mary, so gut es ging, sich in dem fremden Land zurechtzufinden. Jeden Morgen, wenn Vath zur Arbeit ging, brachte er Mary zu Dora, wo sie allmählich die deutschen Lebensgewohnheiten kennenlernen konnte. In einem Sprachkurs lernte Mary, die sehr sprachbegabt war, schnell Deutsch. Das Leben in dem neuen Land blieb ihr dennoch fremd.

Abends kochte sie für ihren Ehemann, oft versuchte sie sich in kambodschanischen Gerichten, doch da in Phnom Penh meist Hausangestellte für die Essenszubereitung zuständig waren, gelang ihr das Kochen nicht immer.

Eines Abends versuchte sie kambodschanisches Beef Loklak zuzubereiten. Sorgfältig schnitt sie das Rindfleisch in dünne Scheiben und marinierte es. Dann schnitt sie Gurken, Tomaten und Möhren in schmale Streifen und Zwiebel in Ringe. Zusammen mit einigen Salatblättern richtete sie das Gemüse auf einem Teller schön an.

Neben der Küchenarbeit lief der Fernsehapparat. Denn Mary hatte festgestellt, dass ihr Fernsehsendungen halfen,

Deutsch zu lernen. Außerdem fühlte sie sich nicht so einsam, wenn sie in der Wohnung eine Stimme hörte.

Sie briet zuerst die Zwiebelringe und anschließend das Fleisch an, während sie nebenher im Wohnzimmer die aktuelle Fernsehsendung verfolgte. Plötzlich stieg ihr ein stechender Brandgeruch in die Nase. Erschrocken rannte sie in die Küche. Beißender Rauch stieg aus der Bratpfanne auf und die Küche war voller Rauchschwaden. Sie konnte kaum noch ihre Hand vor dem Gesicht erkennen. Schnell zog sie die Pfanne vom Herd und riss das Fenster auf. Dann warf sie entsetzt einen Blick auf das verkohlte Fleisch. Sie nahm die Pfanne und schüttete den gesamten Inhalt in die Toilette, die sofort verstopft war. Der Pfannenboden war schwarz und verbrannt. Auf gar keinen Fall sollte Vath dies zu Gesicht bekommen, wenn er von der Arbeit kam. So warf sie die Pfanne in den Garten. Anschließend ging sie zum Metzger und kaufte zwei Schnitzel, die schnell angebraten wurden, damit das Abendessen gerettet war.

Als Vath nach Hause kam, hing, obwohl Mary alle Fenster geöffnet hatte, immer noch Brandgeruch in der Luft, er wurde jedoch überdeckt von dem Duft des Essens, das Mary gekocht hatte.

Kurz vor ihrer Abreise aus Kambodscha, hatte Sarun Mary noch einige Tipps gegeben, wie sie sich als Ehefrau verhalten sollte:

„Du solltest deinem Mann, wenn er von der Arbeit nach Hause kommt, auf gar keinen Fall sofort schlechte Nachrichten berichten. Gib ihm Zeit, sich zuerst frisch zu machen und zu essen. Wenn du ein Problem hast, das du mit ihm bereden willst, dann warte, bis er sich etwas ausgeruht hat."

An dieses Gespräch erinnerte sich Mary und beschloss, den Ratschlag zu beherzigen. Doch als Vath zur Toilette ging, ließ sich das Problem nicht mehr verheimlichen.

„Sie ist verstopft“, warnte ihn Mary.

„Das ist nicht schlimm. Als Gas- und Wasserinstallateur krieg ich das schnell wieder repariert“, antwortete ihr Ehemann, griff nach dem nötigen Werkzeug und hatte tatsächlich innerhalb weniger Minuten das Problem gelöst. Mary atmete auf und servierte das Essen.

Anschließend aßen sie mit großem Appetit das leckere Schnitzel und den Salat. Als sich Vath vor dem Fernsehapparat gemütlich machen wollte, kuschelte sich Mary auf seinem Schoß.

„Ich muss dir etwas beichten.“

Erstaunt wandte Vath seinen Blick vom Bildschirm weg auf seine Frau, die von ihrem Malheur bei der Essenszubereitung berichtete.

„Und wo ist die Pfanne jetzt?“

„Ich habe sie in den Garten geworfen.“

Mary erschrak, als Vath aufsprang, in den Garten lief und mit der verbrannten Pfanne zurückkam. Dann ging er in die Küche und scheuerte mit Salz und Wasser so lange den Pfannenboden, bis er wieder sauber war.

„Eine verbrannte Pfanne ist doch kein Problem. Das lässt sich leicht reparieren.“

Stolz präsentierte er die blitzsaubere Pfanne.

„Wir beide haben schon so viel Schweres erlebt, da fällt so ein Missgeschick nicht ins Gewicht.“

Er legte seinen Arm um Mary.

„Ich bin Gott so dankbar, dass er uns zusammengeführt hat. Unter normalen Umständen hätten wir uns niemals treffen, geschweige denn heiraten können – du als Tochter eines Architekten und Generals und ich als Sohn eines Bauern. Mary, ich liebe dich. Ein solches kleines Missgeschick kann uns beide doch nicht stören.“

Mary legte ihren Kopf an Vaths Schulter. Zum ersten Mal hatte sie das Gefühl, dass sie am richtigen Platz war und dass alles gut werden würde.

សូមអរគុណ

Vath und Mary

2019

Vath griff nach dem Sicherheitsgurt und befestigte ihn in der Halterung. Mit einem kurzen Blick versicherte er sich, dass auch Mary neben ihm und Onkel Wiwu, der den Sitz am Mittelgang belegte, angeschnallt waren.

Vierzig Jahre nach seiner Ankunft in Deutschland saß er nun wieder einmal im Flugzeug – unterwegs nach Kambodscha.

Wieviel war in den vergangenen Jahren passiert! Er hatte inzwischen einen Arbeitsplatz bei einem Autozulieferer gefunden. Mary arbeitete schon seit vielen Jahren täglich als Reinigungskraft im Kindergarten. Sie hatten nicht nur ein gutes Leben in Deutschland, sondern konnten auch immer wieder die Verwandten in Kambodscha finanziell unterstützen. Vaths stolzer Blick fiel auf seine beiden Söhne Vathanic und Maradin, die in der Sitzreihe vor ihm saßen. Beide hatten ihre Berufsausbildung mit Erfolg abgeschlossen und waren auf dem Sprung in ein eigenes, selbstständiges Leben. Man sah ihnen die Lebensfreude und die Aufregung angesichts der abenteuerlichen Reise an.

Onkel Wiwu, der inzwischen längst Rentner war, hatte es sich nicht nehmen lassen, seine „Patenfamilie“ zu begleiten. Er hatte sogar die Flüge für alle bezahlt.

„Du bist halt unser Finanzminister. Immer wieder hast du uns mit praktischen Tipps und auch finanziell unter die Arme gegriffen. Was wären wir ohne dich“, lächelte Mary und griff dankbar nach seiner Hand.

Onkel Wiwu schmunzelte: „Ja, wenn ich gewusst hätte, was ich auf mich geladen habe, als ich in diese Patenschaft einwilligte…“

„Dann…?“ fragte Vath gespannt.

„Dann hätte ich mit noch größerer Freude ja gesagt“, antwortete Onkel Wiwu augenzwinkernd.

Die Flugbegleiterin unterbrach mit ihren Sicherheitsanweisungen das Gespräch. Elf Stunden Flug bis Bangkok lagen vor ihnen. Anschließend würden sie in einem Charterflugzeug nach Phnom Penh weiterfliegen.

„Bist du sicher, dass es richtig ist, was du geplant hast?“ wandte Mary sich an Vath. Das Flugzeug hatte die Reisehöhe erreicht und das Anschnallsignal erlosch. Eigentlich könnte sie sich nun gelassen zurücklehnen, doch ihre Stimme klang angespannt.

„Wir haben es in den vergangenen Wochen oft genug besprochen.“ Vath versuchte seine Frau zu beruhigen, obwohl er selbst ein ängstliches Ziehen im Magen verspürte, wenn er an die kommenden Tage dachte.

„Ich muss auf dieser Reise meine Geschwister sehen, auch wenn ich nicht weiß, wie dieses Treffen aussehen wird.“ Liebevoll griff er nach Marys Hand. „Ich habe nicht nur Verantwortung für euch als Familie. Ich fühle mich auch verantwortlich für meine Verwandten in Kambodscha. Es reicht nicht aus, wenn ich hin und wieder Geld schicke. Ich möchte wissen, wie es ihnen geht. Und ich möchte, nein, ich muss das Grabmal meiner Mutter besuchen."

Mary seufzte. „Ich weiß und ich verstehe dich. Trotzdem habe ich Angst."

Vath schaute nachdenklich aus dem Fenster und betrachtete die weißen Wolkenmassen, die weit unter ihnen wie ein riesiger weicher Teppich wirkten. Er fühlte sich angesichts dieser Weite unendlich klein.

Sein Vater war schon seit vielen Jahren tot. Er war bei der Feldarbeit auf eine Mine getreten und dabei tödlich verletzt worden. Nun war vor einigen Monaten auch seine Mutter gestorben. Er hatte sehr um sie getrauert. Seiner Schwester hatte er Geld geschickte, damit sie für die Urne seiner Mutter eine sogenannte Engelshütte, ein Grabmal, wie es in seinem Heimatdorf üblich war, bauen lassen konnte. Da er an der Trauerzeremonie nicht teilnehmen konnte, wollte er diese Reise zu einem Besuch in seinem Dorf Phum Prey Veng nutzen.

In den vergangenen Monaten hatte er viel nachgedacht und geplant. Er wusste, dass das Leben in Kambodscha auf dem Land immer noch voller Risiken war. Die Verkehrslage war gefährlich, und es drohten Überfälle. Noch immer lagen unzählige Landminen, die die Roten Khmer vergraben hatten, im Boden und bildeten eine große Gefahr für die Landbevölkerung. Zudem gab es in seinem Dorf weder Strom noch Wasser. Sollte er es trotzdem auf sich nehmen, dorthin zu reisen? Es hatte viele Diskussionen im Familienkreis gegeben. Aber für Vath stand die Entscheidung fest: Er wollte unbedingt seine Schwester und das Grabmal seiner Mutter besuchen. Auch ein Treffen mit seinen Brüdern, die in der Nähe der Hauptstadt lebten, hatte er eingeplant. Nun war er unglaublich gespannt auf die kommenden Wochen.

Als die kleine Reisegruppe in Phnom Penh das Flugzeug verließ, nahm ihnen die Hitze fast den Atem.

Schnell suchten sie sich ein Taxi. Sie fühlten sich vom Lärm und dem riesigen, chaotischen Verkehrsaufkommen in der Hauptstadt wie erschlagen.

Aufatmend betraten sie das klimatisierte Foyer des Hotels, in dem sie ein Appartement gemietet hatten. Erschöpft ließen sie sich nach der anstrengenden Reise auf die Betten fallen. Der Jetlag forderte seinen Tribut. Am folgenden Tag genossen Vathanic und Maradin ausgiebig den hoteleigenen Pool, während sich Wiwu, Vath und Mary erst einmal akklimatisieren mussten.

Doch dann hielt es Mary nicht mehr aus. Sie wollte unbedingt ihre Mutter sehen. Sarun war mehrmals in Deutschland gewesen, um ihre Tochter zu besuchen. Doch nun war sie alt und gebrechlich. Das Leben war für sie mühsam geworden. Glücklicherweise hatte sich eine Kusine von Mary bereiterklärt, Sarun zu pflegen. Mary musste wissen, wie es ihrer Mutter ging. Sie hatte ihren Besuch vorher nicht angekündigt. Es sollte eine Überraschung sein, damit sie kontrollieren konnte, ob die Pflegerin ihrer Aufgabe verantwortungsvoll nachging und die Mutter gut versorgte.

Mit dem Taxi fuhr sie 20 Kilometer in die Vorstadt, in der ihre Mutter lebte. Sarun konnte ihr Glück kaum fassen, als sie Mary in die Arme schloss. Immer wieder strich sie ihr über die Wangen. Zufrieden schaute sich Mary in der Wohnung um: Ihrer Mutter ging es den Umständen entsprechend gut. Erleichtert atmete Mary auf.

Die kommenden Tage wollte sie nutzen, um möglichst viel Zeit mit ihrer Mutter zu verbringen. Deshalb lud sie Sarun und ihre Kusine ein, mit ihr nach Phnom Penh zu fahren. In dem Hotelappartement war genügend Platz für alle. Schnell waren die notwendigen Dinge zusammengepackt.

Die folgenden Tage vergingen wie im Flug. Es gab eine Menge zu erzählen und viele Fotos anzusehen. Immer wieder schaute Sarun ihre Tochter an:

„Bist du glücklich? War es die richtige Entscheidung damals, dich mit Vath zu verheiraten und nach Deutschland zu schicken?"

„Ja, ich bin glücklich. Es ist gut so, wie es ist", lautete Marys Antwort.

Jeden Tag ging Mary auf den Markt, kochte für die ganze Familie und konnte nicht genug berichten und zuhören. Es waren wertvolle Stunden, die sie gemeinsam verbrachten.

Wiwu, Vathanic und Maradin nutzten die Zeit, um Ankor mit seiner riesigen Tempelanlage Ankor Wat zu besuchen. Fasziniert bewunderten sie das kambodschanische Nationalsymbol. Beeindruckt standen sie vor den riesigen Sandsteinblöcken und betrachteten die kunstvoll gearbeiteten steinernen Figuren. Noch nie hatten sie etwas Vergleichbares gesehen. Abends bestaunten sie den Sonnenuntergang. Mehrere Tage verbrachten sie damit, diese Attraktionen zu erkunden.

Vath hatte bereits im Vorfeld die Telefonnummern seiner beiden Brüder ermittelt. Ein Bruder war bereits verwitwet und lebte mit seinen beiden Söhnen in der

Vorstadt von Phnom Penh. Der andere wohnte in der Stadtmitte.

Beide Brüder konnten es kaum fassen, als sich Vath am Telefon meldete. Begeistert machten sie einen Zeitpunkt für ein gemeinsames Treffen aus. Vath nannte die Adresse des Hotels als Treffpunkt. Doch es erwies sich als zu kompliziert für seine Brüder, dorthin zu kommen. Daher nahm er kurzerhand ein Taxi und holte sie ab. Schon das gemeinsame Frühstück im Hotel war wie ein Fest. Da Vath Gutscheine erhalten hatte, konnte er seine Brüder und Neffen einladen. Gemeinsam staunten sie über das üppige Angebot und genossen die ungewohnten Köstlichkeiten. Dann machten sie sich auf zu einem Stadtbummel. Noch einmal – wie vor vielen Jahren – stand er vor dem Fußballstadion. Inzwischen konnte er über die schmachvolle Niederlage gegen die kambodschanische Nationalmannschaft lachen. Phnom Penh hatte sich in den letzten Jahren zu einer modernen Stadt entwickelt. Es gab viel zu besichtigen und zu bestaunen. Den Abschluss des Tages bildete ein Besuch in einem Burger Restaurant. Alle freuten sich über das leckere Essen. Doch die fröhliche Stimmung, mit der der Tag begonnen hatte, wurde zunehmend brüchig. Das Gespräch wurde anstrengend und versiegte schließlich ganz. Ein wenig nachdenklich verabschiedeten sie sich voneinander.

„Wie war dein Tag? Du siehst nicht so glücklich aus." Fragend schaute Mary Vath an.

„Es war nicht einfach, ja, es war ernüchternd. Ich habe mich so sehr auf das Treffen mit meinen Brüdern gefreut, aber es sind zu viele Jahre vergangen, seitdem wir uns das letzte Mal gesehen haben. Wir haben uns unterschiedlich entwickelt. Die Kulturen, die uns geprägt haben, sind zu verschieden." Nachdenklich schaute Vath Mary an. Seine Stimme wurde leise. „Es war gut, sich mit ihnen zu treffen, aber ich habe gemerkt, dass wir wenig Gemeinsamkeiten haben."

Am folgenden Tag packte Vath seine Sachen und nahm ein Taxi, das ihn für ein paar Tage nach Phum Prey Veng bringen sollte.

„Pass auf dich auf", verabschiedete ihn Mary besorgt.

„Das mach ich", versprach Vath. „Du weißt, dass ich diesen Besuch machen muss. Ich vertraue darauf, dass Gott auf mich aufpasst. Er hat mein Leben in der Hand."

Drei Stunden später hielt das Taxi in dem kleinen Dorf vor einer Hütte. Vath bezahlte den vereinbarten Preis, dann fuhr das Taxi weg. Es sollte ihn erst in drei Tagen wieder abholen. Neugierig schaute er sich um. Er hatte seiner Schwester seine Ankunft nicht mitgeteilt, da er sie überraschen wollte. Mit seinen modernen europäischen Kleidern fiel er unter den Dorfbewohnern sofort auf, und bald hatte seine Schwester von der Ankunft des Bruders erfahren. Fröhlich lachend begrüßte sie ihn und führte ihn in ihre bescheidene Hütte, in der sie mit ihrer Familie lebte. Dann zeigte sie ihm eine andere leerstehende Behausung, in der er die kommenden Tage wohnen konnte. Vath sah sich um. Außer einer Schlafmatte war die Hütte leer: kein Wasser, keine Toilette, kein Strom. Er stöhnte. Worauf hatte er sich hier eingelassen?

Als Erstes ging er zu der Engelshütte seiner Mutter. Lange stand er vor der Urne und ließ noch einmal die Erinnerungen vor seinem inneren Auge vorüberziehen. Sie hatte ihm das Leben geschenkt, ihn seine ersten Lebensjahre begleitet und sie hatte die Ehe mit seiner Mary arrangiert. Dafür würde er ihr immer dankbar sein.

Im vergangenen Jahr hatte Vath seiner Schwester Geld geschickt, damit sie sich einen Hühnerstall bauen konnte. Damit wollte er ein Stück Hilfe zur Selbsthilfe leisten. Nun bat er sie, ihm diesen Stall zu zeigen. Gerne wurde er dorthin geführt, doch was Vath zu sehen bekam, erstaunte ihn sehr. Im Wasser standen einige zusammengezimmerte Balken. Hühner waren nirgends zu sehen. Fragend schaute er seine Schwester an.

„In dieser instabilen Holzkonstruktion fühlen sich die Hühner nicht wohl. Hier gibt es keinen Hühnerstall und deshalb auch keine Eier." Bedrückt schaute sie zu Boden und zuckte mit den Schultern.

In den folgenden Tagen trommelte Vath energisch einige Männer aus dem Dorf zusammen. Er erstand Holzbalken vom Holzhändler des Dorfes. Dann machten sie sich gemeinsam an die Arbeit und bauten einen neuen Hühnerstall an einer vom Wasser geschützten Stelle. Begeistert und stolz betrachteten sie das Ergebnis.

Bevor er sich verabschiedete, nahm Vath seine Schwester beiseite.

„Du solltest dir auf dem Markt einige Hühner kaufen und eine Hühnerzucht aufbauen. Hühnereier haben wir doch als Kinder immer gerne gegessen, erinnerst du dich?" ermunterte er sie und drückte ihr einen Geldschein in die Hand.

Dankbar nahm sie Vath zum Abschied in den Arm.

Als das Taxi ihn wieder abholte, machte er sich erleichtert, aber auch ein wenig bedrückt auf den Rückweg. Er hätte seiner Schwester gerne mehr geholfen.

Am Abend telefonierte er mit Martin in Deutschland

„Es ist so schwer. Meinen Verwandten geht es schlecht. Die Lebensbedingungen im Dorf sind bedrückend. Es ist nur ein Tropfen auf den heißen Stein, was ich für sie tun kann“, klagte er sein Leid.

„Du hast getan, was du konntest. Die Familie deiner Schwester kann sich jetzt mit der Hühnerzucht eine Lebensgrundlage schaffen. Das ist eine Chance für sie. Mehr ist in der gegenwärtigen Situation nicht möglich. Du kannst nicht die ganze Welt retten“, tröstete ihn Martin.

Vath seufzte. Vielleicht hatte sein Pflegevater recht.

Einige Tage später feierten Mary und Vath ihren 28. Hochzeitstag. Vath lud Mary, Wiwu, Vathanic und Maradin in ein Hotel direkt über dem Fluss Mekong ein. Sarun war leider zu schwach, um mitzugehen.

Staunend betraten sie das Restaurant. Lampions beleuchteten die Szenerie. Im Wasser spiegelten sich die Lichter der gegenüberliegenden Flussseite. Unterhalb des Hotels säumten Palmen die Straße. Mary, die immer etwas sparsam war, schluckte, als sie die Speisekarte ansah.

„Es ist doch unser Hochzeitstag“, flüsterte Vath. „Lass es uns genießen.“

Sie nickte. Vath hatte recht. Sie wollten sich an diesen Abend einfach nur freuen.

Mit einem leckeren Cocktail wurden sie begrüßt. Dann wurde eine Vorspeise serviert. Als Hauptspeise wählte Mary Amok, ein typisch kambodschanisches Gericht. Sie genoss den Fisch mit der milden Currysoße, der mit Bananenblättern umwickelt war, während alle anderen Steaks aßen. Es wurde ein wunderbarer Abend, der Höhepunkt einer unvergesslichen Reise.

Die drei Wochen in Kambodscha vergingen wie im Flug. Unter Tränen verabschiedete sich Mary von ihrer Mutter.

„Ob sie sich wohl noch einmal wiedersehen würden?“ Mary und Sarun hatten dieselben Gedanken, wagten jedoch nicht, sie auszusprechen.

Vom Flugzeug aus warf Vath einen letzten Blick auf Phnom Penh, dann schaute er lächelnd Mary an.

„Wie froh bin ich, wieder nach Hause zu fliegen.“

Mary nickte: „Ich bin so dankbar, dass alles gut gegangen ist und wir wohlbehalten hier im Flugzeug sitzen.“

Vaths Blick wurde nachdenklich.

„Mir sind in den letzten Tagen einige Gedanken durch den Kopf gegangen. Eigentlich ist mein Leben ein einziges Wunder. Als ich Kindersoldat war, dachte ich, mein Leben wäre zu Ende und ich müsste sterben. Obwohl ich noch so jung war, stand ich vor den Scherben meines Lebens. Doch Gott hat mich wunderbar geführt. Ich durfte leben, und es geht uns unglaublich gut.“ Dann nahm er Marys Hand in die seine. „Und dass ich dich kennengelernt habe, auch das ist ein Wunder.“

សូមអរគុណ

Sachinformationen zu Kambodscha

Pol Pot und die Roten Khmer

Die Geschichte der Roten Khmer begann in Paris, wo sich einige kambodschanische Studenten, unter ihnen Saloth Sar, der unter dem Namen Pol Pot später traurige Berühmtheit erlangte, Anfang der 1950er Jahre dazu entschlossen, eine kommunistische Partei zu gründen, die „Vereinigten Khmer-Studenten". Auch nach ihrer Rückkehr nach Kambodscha hielten sie weiterhin engen Kontakt miteinander. Sie lebten im Untergrund, wurden als „Rote Khmer" bezeichnet und begannen Einheimische für ihre kommunistischen Ideen zu gewinnen und eine Guerillatruppe aufzubauen.

Kambodscha litt unter großen sozialen Spannungen. Die Lage der Bevölkerung auf dem Land war schlecht. Die Landbevölkerung war arm und hatte keinen Zugang zu Bildung und medizinischer Versorgung. Die Wut auf die reiche und teilweise korrupte politische Elite des Landes war groß. Zudem bombardierten die USA während des Vietnamkriegs große Landstriche im Nordosten Kambodschas, da sie nicht an die Neutralität des Landes glaubten und geheime Hilfslieferungen von Kambodscha an den Vietcong vermuteten. Diese Situation führte zu einer Destabilisierung des Landes.

Von 1970 bis 1975 führten die Roten Khmer einen Guerillakrieg gegen die Regierung in Phnom Penh. Am 17. April 1975 gelang es ihnen, die Hauptstadt einzunehmen – zunächst zur Freude der kambodschanischen Bevölkerung, die sich große Verbesserungen versprach. Pol Pot, der die Ursache für die Armut des Landes vor allem in der Korruption und im Gefälle zwischen Stadt und Land sah, wurde offiziell Regierungschef Kambodschas.

Doch die Erwartungen wurden innerhalb kürzester Zeit zunichte gemacht. Die Stimmung kippte bald, denn die neuen Herrscher begannen sofort mit der Errichtung eines unglaublich brutalen Terrorregimes. Das Land schottete sich nach außen ab. Ziel war ein radikal-kommunistischer Bauernstaat mit einer starken Landwirtschaft. Die Führungsriege versteckte sich hinter einer Organisation namens „Angka“ (Abkürzung von Angka padevat – revolutionäre Organisation). Es begann eine schreckliche Zeit der Umerziehung der Bevölkerung. Städte wurden entvölkert und die Stadtbevölkerung auf die Reisfelder deportiert, um sie als Zwangsarbeiter im neu gegründeten Arbeiter- und Bauernstaat einzusetzen. Ohne technische Hilfsmittel wurden Staudämme gebaut, um die Bewässerung der Reisfelder zu gewährleisten. Bald verwandelte sich das Land in ein gigantisches Arbeits- und Gefangenenlager. Privatbesitz war verboten ebenso wie Gefühlsäußerungen. Tagesarbeitszeiten von zwölf Stunden oder mehr wurden zur Normalität. Jeder Schritt der Arbeiter wurde überwacht, so dass fast jeder um sein Leben fürchten musste. Ein grausamer Genozid begann. Wer zu spät zur Arbeit kam, konnte wegen des Verdachts auf Sabotage hingerichtet werden. Geld wurde abgeschafft, Bücher verbrannt, Lehrer, Händler und beinahe die gesamte intellektuelle Elite des Landes wurden ermordet, um den Agrarkommunismus, wie er Pol Pot vorschwebte, zu verwirklichen. Bald wurde jeder Überlebende zum Arbeiter und gezwungen, eine schwarze

Einheitskleidung zu tragen, die jede Individualität beseitigen sollte.

„Wenn wir Reis haben, können wir alles haben", war die Hoffnung der Roten Khmer. Da es jedoch viel zu wenig Nahrungsmittel gab, kam es zu einer riesigen Hungersnot, der große Teile der Bevölkerung zum Opfer fielen.

Man geht von mindestens 1,7 Millionen Toten aus, die durch Folter und Hinrichtung oder durch Hunger und Krankheit unter dem Regime der Roten Khmer starben.

Ende 1978 starteten Truppen des wiedervereinigten Vietnam einen Blitzkrieg, um das Pol-Pot-Regime zu stürzen. Im. Januar 1979 nahmen die Vietnamesen Phnom Penh ein. Die Roten Khmer zogen sich wieder in den Nordwesten Kambodschas zurück, um erneut einen Guerillakrieg zu beginnen. 1989 verließen die letzten vietnamesischen Truppen Kambodscha. 1991 unterzeichneten die Bürgerkriegsparteien einen von der UNO ausgehandelten Waffenstillstand. Trotzdem widersetzten sich die Roten Khmer der Entwaffnung. Erst 1996 gab ein Großteil von ihnen ihre Waffen ab.

Vath 1979

Mary 1989

Mary 1990

Flüchtlingskinder nach ihrer Ankunft in Deutschland

Familie Schultheiß 1987
mit allen Kindern und Pflegekindern

Hochzeit

Hochzeit

Mary und Vath mit ihren Söhnen 2010

Mary, Dora, Martin und Vath
2020

Mary und Vath
2020

Mary und Vath mit ihren Söhnen 2019